致青春 085

靈魂決定我愛你

(04)

墨西柯　著

高寶書版集團

目錄
CONTENTS

第二十四章　我想要

童延最後沒能買下尚空公司，管家用的方法是收購股權。

尚空是目前國內模特兒行業數一數二的公司，不會輕易轉手，尤其是給童延這種完全外行的富二代，簡直就是在開玩笑。

童延也沒多想要這個公司，只是想要先拿捏住 Evalyn。

只有 Evalyn 在他的控制範圍內，他才算是安心。

許昕朵剛剛入行，遇到第一個對手童延就大動干戈地去收購人家公司的股權。以後許昕朵碰到其他的事情，童延還能做什麼呢？

他也不知道，也沒有仔細去想，反正現在這群異數，先摁死一個是一個。

在許昕朵不知情的情況下，童延購買了股權，成了尚空公司的股東之一，且到了有一定話語權的程度。

童延第一個要求就是幫 Evalyn 換一個經紀人。

管家傳訊息詢問：『您是想限制 Evalyn 的發展嗎？』

童延：『不是，為什麼要這麼做？我是股東之一，要靠這群蓬勃發展的模特兒賺錢。』

管家：『那您的意思是？』

童延：『讓 Evalyn 的經紀人隨時盯著她，然後時不時跟 Evalyn 說，妳看看人家許昕朵多厲害，接著唉聲嘆氣。別太刻意，不然積累仇恨。』

童延知道，Evalyn這種心比天高的女孩子，最討厭的就是被同期新人比過去。在Evalyn看來，許昕朵更是新人了，參與培訓才幾個月而已。被初出茅廬的人比過去了，這是Evalyn最受不了的。所以，在Evalyn面前時不時誇她的對手，那真的是讓Evalyn最來氣的事情。

Evalyn在尚空公司的合約是長約，這些年裡必定會在童延的控制範圍內，也不怕Evalyn弄出什麼事。

童延的方法就是這麼簡單，在她最在意的地方打擊她，並且看住她。

做完這些，童延拿出書背古文，背得腦袋疼，想起馬上就要開學了，開學後就要去火箭班上課。

他和火箭班的人都不熟，上課不能交頭接耳，更不能睡覺，課程比國際班滿，這學期還會強制住校，想想就覺得絕望。

♫

許昕朵跟著張哥一起去一個飯局。張哥在去的路上跟許昕朵說，希望許昕朵能夠敬一杯酒，說點客氣話，就當是感謝主編讓她能夠拍攝封面。

給主編留一個好印象，說不定可以跟黎黎雅雜誌簽長約。

要知道在此之前，黎黎雅這種雜誌是星娛模特兒工作室完全聯繫不到的資源，張哥自然要把握好。

許昕朵有點為難：「我酒量非常不好，一杯倒，而且酒品也不好。」

「其實也不用妳喝多少，大家都知道妳是小孩，而且妳是模特兒，保持身材要緊，意思一下就行。這次的機會難得，要好好把握一下。」

許昕朵有點猶豫，想了想後問張哥：「我可以敬完酒之後就走嗎？我怕我發酒瘋。」

「行，可以，之後交給我。」

這次的飯局有很多時尚行業大佬聚在一起。

今天白天有一場走秀，時尚大咖雲集。在走秀結束後，主辦方安排了這場酒局。

星娛的模特兒部門沒有走秀的入場資格，飯局還是張哥托關係走後門，才被安排進去的。

酒局開席時他們不敢進去，只能在角落等著，像兩個鬼鬼祟祟的小偷，許昕朵全程帽子扣在頭上，覺得十分丟人。

等到裡面的人開始各桌亂竄到處敬酒聊天的時候，張哥聯繫的人才到角落裡叫他們進去。

張哥帶著許昕朵鬼鬼祟祟地混了進去，兩個人進門後開始故作鎮定，彷彿他們之前就是賓客。確定沒有人注意到他們，張哥開始滿場找黎黎雅的主編。

黎黎雅的主編算是這場酒局的焦點，跟她敬酒的人絡繹不絕，很多人都想要結交一番，就算只是增加一點友好度也不錯。

張哥等到機會，確定沒有打擾到黎黎雅的主編才帶著許昕朵走過去。

這期間，都是張哥和主編聊天，許昕朵站在旁邊偽裝優雅的花瓶。

許昕朵只是簡單的日常造型，一件長裙套著外套，配上一頭短髮，恬靜優雅，氣質極佳。酒店內裝飾奢華，繁複的鍍金色花紋，有點仿俄羅斯冬宮的風格。許昕朵站在其中，和這裡的風格十分搭配。

有的人只是站在那裡都像是一幅畫卷，她從畫中來，孑然獨立。

看到張哥示意後，她拿著酒杯敬了主編一杯酒，說著感謝的話。

她拿是香檳，這種酒一般只會倒一點，許昕朵也只是象徵性的喝了一些而已。

主編也沒有讓許昕朵多喝，反而笑呵呵地表示許昕朵太客氣了。

張哥看主編心情不錯，又跟主編聊了幾句，聊一陣子後對許昕朵擺手，示意她可以走了。

許昕朵也不多留，快步走出去，拿出手機傳訊息給德雨：『我出來了。』

許昕朵怕自己喝酒誤事，老早就傳訊息給德雨，說之後無論她怎麼鬧，就算是捆，也要捆回家去。

許昕朵下樓的途中便和德雨匯合了。

德雨扶著許昕朵往外走，還忍不住嘟囔：「妳絕對是我見過酒量最不好的，不是我跟誇張啊，我喝酒一手只是起步。」

許昕朵此時還是清醒的，跟著嘆氣：「我也不知道是怎麼回事，這個跟腸胃有關係嗎？我吃東西不太吸收，但是喝酒卻十分吸收。」

「嘿喲，這個我可不知道，我要送妳去哪個家啊？」

「送公寓。」

臨近開學，許奶奶被許昕朵送回了養老院，公寓樓裡只有她和童延兩個人住。

她有點受不了童延在只有他們兩個人時不老實的毛病，昨天把童延趕回他自己家了。

她一個人住在公寓樓裡十分自在，喝醉酒後去那裡也比較安全，怎麼鬧都不會丟臉丟得太過分。

等尹嫿忙完過年期間的應酬了，她還是會回尹嫿那裡住。

德雨的車開得好好的，結果半路上許昕朵發起了酒瘋。許昕朵看著德雨開車的路線後又哭又鬧，說這邊去的不是她家，她家在別墅那裡。

德雨哭笑不得，一手開車，一手推開許昕朵：「妳讓我送公寓的。」

「我家在那邊，我指路給妳看……」

「行了行了，不用指，我知道是哪，妳別搶我的方向盤！我還沒有男朋友呢！我上有老下有小。」

德雨屈服於許昕朵酒後的胡鬧，再次將許昕朵送到童延的別墅。

她看著許昕朵搖搖晃晃進了別墅門才回到車裡，同時傳訊息給童延：『大小姐我送到你的別墅了，她喝酒了，你多照顧著點。』

童延：『喝酒了？』

德雨：『應酬。』

童延：『我看到她了，妳回去吧。』

童延將手機放在一旁，看到許昕朵搖搖晃晃地朝著他走過來，微微蹙眉，特別不悅地問道：「妳那個公司怎麼回事？還讓妳去應酬？」

童延此刻真的不知道自己當初的決定是對是錯。

他當時聽了尹嫿的，讓許昕朵自己去闖，讓她靠自己的努力奮鬥出一番事業，他便沒有管這件事情。

其實許昕朵如果想做模特兒，童延完全有實力買一家公司給她，或者專門為了她創建一家公司，一流的團隊，一流的資源全給她。

如果許昕朵想作曲，他可以砸錢行銷，把許昕朵捧起來。

偏偏讓許昕朵去了一個公司的附屬小部門，看著許昕朵自己受苦，團隊不夠專業，資源也是普通。

尹嫿也是看不下去，才跨界幫許昕朵聯繫資源。

尹嫿幫忙牽線搭橋，許昕朵可以欣然接受。

但是對於八字沒有一撇，不一定會成功的事業就去搞這麼大的投資，許昕朵肯定不會同意，童延知道。

所以心裡才這麼氣。

他早就想好了，一年，他只等一年，一年後合約到期了，許昕朵還喜歡這個行業的話，他就要出手了。

現在看到許昕朵喝得醉醺醺的回來，童延心裡更氣了。

當初就應該強硬一點，什麼都幫她安排好，就算她不願意他砸錢，他也不管，只要許昕朵別這麼辛苦就行了。

有他幫著，她那個一年不能戀愛的合約也不會出現。

生氣，真的超級生氣。

還有心疼。

不行，他現在就要帶著許昕朵去解約，違約金他付！

結果許昕朵羽絨外套都不脫，走到童延身前抱住他的腰，委屈地看著他：「你凶我……」

童延看著許昕朵下意識地吞咽一口唾沫，喉結上下滑動，幅度巨大。

簡單的一句話，他之前的怒氣全都沒有了，瞬間緩和語氣，扶著她說道：「沒有，我是看到妳這樣心疼。」

許昕朵抬起一隻手，在童延的面前比量，大拇指和食指拉開一個縫隙的距離，隨後小聲說道：「我只喝了一口，可是我太不爭氣，只是一小口，你說，我是不是酒精過敏啊？」

「酒精過敏不是妳這個症狀吧？」

許昕朵「啪嘰」一下，將臉埋在童延的懷裡：「好失落。」

童延溫聲細語地問：「失落什麼？」

「酒量太差了，我是不是身體有什麼缺陷，我是不是超級差勁？」

童延聽著這話，覺得自己的心都要跟著融化了。

原本強勢的女孩子，突然這麼軟綿綿地靠在自己懷裡撒嬌，他瞬間什麼都放下了。

他想安慰許昕朵，卻注意到別墅裡的傭人都在故意避開，於是輕咳了一聲說道：「你們都回小樓休息吧。」

童延的房子是環形設計，與童延居住的房間相對的位置，有一個小樓，廚房和傭人住的地方在那裡。

傭人們紛紛離開，主別墅裡只留下童延和許昕朵兩個人。

童延幫許昕朵把外套脫了，怕她在室內熱。想要去掛衣服，結果許昕朵抱著他不鬆手。

童延沒轍，只能盡可能溫柔地問她：「我們先牽手走好不好？」

「嗯。」許昕朵聽話地點了點頭，和童延拉著手去玄關，童延只能單手掛衣服，接著帶著許昕朵朝著客廳走去。

他讓許昕朵坐在沙發上，跟許昕朵說道：「酒量不好不是妳的錯，妳也不能控制不是嗎？」

坐下之後，許昕朵鬆開童延的手，再次抱著童延，靠在童延的懷裡看著他，問：「那你嫌棄我嗎？」

「不嫌棄，喜歡死了。」

「我也喜歡你。」

「嗯，我知道。」

許昕朵瞬間開心起來，湊過去在童延的嘴唇上親了一下，接著再次對童延說：「我喜歡你。」

童延被親得暗爽透了，上一次被親臉頰的時候他還沒開竅，這次被親嘴唇他可是開竅的，看著許昕朵忍不住笑，接著溫柔地回答：「嗯。」

許昕朵又在他唇瓣上快速親了一下，接著說道：「超級喜歡你。」

「我也是。」

她又親第三下，繼續對童延表白：「超級加倍喜歡你。」

他看著懷裡的醉酒小怪物，居然有些想嘆氣：「許昕朵……妳再這樣我會把妳吃了。」

「你餓了嗎？」

「啊……也不是……只是饞了。」

許昕朵突然鬆開他，低下頭看自己，最後抬起自己的雙手看，似乎在糾結著什麼。

童延還真挺好奇的，低下頭問她：「妳在想什麼呢？」

「我在想應該把哪裡給你吃，手可以嗎？」

「突然血腥起來了。」

「因為你饞了啊。」

童延真的是哭笑不得，抬手抬起許昕朵下巴，吻了過去。

輾轉片刻後，童延無奈地鬆開她，壓抑地開口：「張嘴。」

「吃了舌頭……就沒辦法說喜歡你了……」

童延覺得自己真的是敗給許昕朵了，看著她真摯的表情，心口癢得他渾身發顫。就好像柳絮紛飛的季節，柔軟的柳絮被風吹拂在臉頰刮過，輕柔的，綿綿的，癢癢的。

他抬手碰了碰許昕朵的臉頰，疼惜地在她額頭親了一下。

有時他會想，他是多幸運啊，能夠遇到她。

他明明和許昕朵註定沒有交集，就算許昕朵真實身分曝光後轉學來了嘉華國際學校，他恐怕都不會跟許昕朵認識。按照許昕朵的性子絕對不會理他，他也不喜歡這麼狂傲的女生。

他們之間卻出現互換身體這件事情。

這也使得他們有了交集，他遇到了他此時最珍惜的人。

他喜歡她。

而她喜歡他更早一些。

兩個人彼此喜歡，彼此守護，彼此珍惜，一切美好得不真實。

童延柔聲說道：「我不吃妳，也不饞了，妳別怕。我喜歡妳，特別喜歡妳。」

許昕朵突然笑出聲，開心得不得了：「超開心，以前做夢都想被你喜歡。」

「哦，妳還做過什麼夢？可不可以說給我聽聽？」

許昕朵認真地想了起來，抱著腿蜷縮在沙發上，仔仔細細地想，像傾述一般地跟童延說：「我夢到最多的是你看著我蹙眉，一臉為難的跟我說：『許昕朵，我不喜歡妳，我們還是做朋友吧』……」

童延抬手幫她將短髮攏到耳後，接著抱著她的肩膀說道：「這個夢不要想了，我喜歡妳，我不會只和妳做朋友。」

許昕朵又笑了起來，伸手拽著他的衣襟，不想讓他離開自己。

暗戀多年患得患失，總是讓許昕朵沒有安全感，童延也不知道要怎麼安慰許昕朵。

接著，許昕朵繼續用輕柔的語氣說道：「我曾經夢到我在你睡著的時候，看著你睡覺的樣子，然後偷偷的親了你一下。」

「哦……其實妳不用偷偷的。」

「我怕嚇到你。」

「我不怕，還挺期待的。」

「一時間想不起來其他的了……」

「那我們不想了。」

許昕朵很輕的「嗯」了一聲，接著小心翼翼地問：「那你不吃的話……我張嘴。我喜歡你親我，特別甜，你好甜啊……童延，你是糖做的嗎？」

居然被一個女生問這種問題，童延措手不及，為什麼他覺得被許昕朵調戲了呢？

這種話都要男方說吧？臺詞都被搶了，他還怎麼做一個成功的壞男人？

這種事情童延完全沒有辦法拒絕，他立即吻住她，濃烈的，難纏的，甜得像是蜜糖。

他覺得腦袋在沸騰，星星之火被點燃，瞬間燎原。

許久之後他才鬆開許昕朵，他覺得不能繼續了，不然要控制不住了，如果許昕朵酒醒後知道這些事情，絕對會害羞到哭出來。

許昕朵明顯沒親夠，在童延鬆開她後反而急了，像被拋棄一樣沮喪，追過來繼續吻他。

他扭過頭小聲求饒：「饒了我吧，妳酒醒之後絕對會打死我的。」

許昕朵很不開心，輕哼一聲後追過來繼續吻他。

童延再難拒絕，順勢將她撲倒。

許昕朵的腦袋瞬間清醒了，突然撐起身體，就看到自己的身體仰面躺在沙發上，還環著她的脖子。

她吃了一驚，快速起身。

抬手擦了擦嘴唇，再看看自己身體的狀態，確定他們之前絕對是在接吻。

回過神來後她退開老遠，到一旁拿起茶几上的水喝了一口，回想剛剛互換的瞬間，她當時手放的位置……

童延！你找死！

她正要跟童延算帳，就看到童延換到她的身體裡後，瞬間陷入迷茫，坐起身來歪著頭看了她半晌。

許昕朵氣鼓鼓地問他：「童延！你剛才是不是趁人之危了？」

童延看著她，陷入醉酒狀態，嘟囔著問：「我的身體怎麼回事……啊……換過來了。」

「童延！」

「嗯。」童延答應了一聲，然而聲音軟綿綿的，含糊不清，居然有點撒嬌的感覺。

許昕朵此刻才斷定，童延換到她的身體裡，然而她的身體正在醉酒，童延陷入醉酒狀態。

她有種不祥的預感，她知道她喝醉酒後非常鬧，卻不知道鬧成什麼地步。

不知道童延進入她身體後的醉酒狀態是不是也跟她一樣，如果是按照童延的性格的話，那絕對……更加胡鬧。

果不其然，童延突然撲過來抱住她說道：「我們啪啪啪吧，想要。」

「什麼鬼啦！你別用我的身體說這種話！」

「換過來，我不想被那個……這是我的底線，不能被妳那個……所以，換過來，我那個妳……」

「你閉嘴。」

童延嘗試換過來，然而又進入到不能切換的狀態，童延苦惱得不行，抱著她不鬆手，居然妥協了：「好吧，准許妳那個我……我們啪啪啪吧。」

「滾啊！」

「第一次我來疼也不行嗎？」

「你的原則呢？你的底線呢？」

「身體好燥啊……妳的身體比我還燥呢，妳怎麼忍的？媽的……忍不了，我忍不了……怪不得妳喝完酒那麼愛洗澡。」

許昕朵想直接把童延敲暈，說的都是什麼亂七八糟的？她喝醉之後是這樣嗎？

然而她看到是自己的身體又有點下不了手，之後還要去工作，身上如果出現什麼痕跡會不會耽誤工作。

她左右看了看，家裡似乎沒有別的傭人，腦袋裡突然炸開。

這父子二人不會有同一個毛病吧？傭人都支走了？

她一不做二不休，直接將童延扛起來，朝著樓上走去。

不得不承認童延的身體體力很好，揹起她這個一百七十五公分的身材也遊刃有餘。

童延在武術方面是許昕朵不及的，每次跟許昕朵打成平手也都是讓著許昕朵。

而且，童延網球、滑板、摩托車方面也都比她厲害。

許昕朵只有讀書和鋼琴比童延優秀而已。

當然，其他方面就算不及童延，也能欺負很多人了。

她扛著童延推開童延房間的門，遲疑了一下又退了出來，走到次臥室推開門，接著將童延放在床上。

童延躺在床上剛剛穩住身體，就開始脫衣服。

許昕朵趕緊過去按住童延，驚恐地問：「你幹什麼啊？」

「內衣位置跑了，勒得好難受，我想脫了。」

「位置跑了還不是你弄的！」

童延醉得迷糊，被許昕朵質問後十分迷茫，隨後終於反應過來：「哦……我摸……」

許昕朵立即捂住童延的嘴，她不想聽！

看到童延表情難受許昕朵才鬆開他，接著在屋子裡尋找東西，同時叮囑童延：「你不要動啊！我找個繩子把你綁起來。」

「幹什麼啊？」

「不行，必須綁起來。」

許昕朵終於找到繩子，可惜是童延的鞋帶，許昕朵沒辦法，只能幾條鞋帶綁在一起。

發現童延在床上動，她立即吼了一聲：「你幹什麼？」

「把內衣拉回原位啊。」

「另一隻手呢？」

「要攏一攏啊。」童延回答得理直氣壯，這事他常幹，有經驗。

許昕朵絕望望天。

許昕朵選擇次臥室，是因為這裡的床頭是木欄杆的，方便將童延綁起來。

童延挺聽話的，被許昕朵綁的時候還主動伸手。

綁好之後，童延委屈地躺在床上問：「我們可以聊聊天嗎？」

「可以。」

「原來妳喜歡捆綁啊……」

「……」

「友情提示，這麼捆著脫衣服不方便了，不過妳可以掀起來。」

許昕朵沒再說話，走出房間，沒多久拿了一卷膠帶來，就算是她自己的身體也毫不客氣，直接把嘴貼上。

童延這下子老實了，話都說不出來了。

許昕朵做完這些後雙手插腰看著童延，頓時覺得頭大。

童延老老實實地躺在床上，有點迷糊，想要睡覺。

許昕朵卻分析起來：「這次強制互換的契機是什麼呢？我們在……接吻，上次的時候我在發呆啊，你有想我嗎？我當時在想關於你的事情，和穆家鬧的那天互換時我也在想你。但是考試的那次我在看題目，並沒有想你，你有在想我嗎？你游泳換衣服的時候，想我了？」

一扭頭，就看到童延已經睡著了。

她鬆了一口氣，這樣還能老實一點，於是坐在一旁守著童延。

♫

童延半夜醒來，這時酒已經醒了，身體難受讓他無法再繼續睡覺。

抬頭看到手被綁著，手臂仰著，保持同一個姿勢躺著果然十分難受，後背難受到不行。

他翻了個身，讓自己能舒服一些，然後看到自己的身體躺在不遠處的沙發上。

他想叫醒許昕朵幫自己解開，又有點捨不得，嘆了一口氣就這麼繼續忍著。

許昕朵的身體明顯十分疲憊，這些天她不是在拍攝，就是在培訓，童延換了一個姿勢後，枕著手臂又睡著了。

童延再次醒過來時，發現回到自己的身體裡了，於是快速從沙發上坐起來。

他剛醒，就聽到許昕朵的聲音：「趕緊把我解開。」

童延看著許昕朵被綁在床上的樣子忍不住覺得好笑，朝著她走過去問：「妳對自己下手也夠狠的。」

「還不是你滿嘴騷話？」

「我到妳身體裡也是那種狀態？妳知不知道妳昨天是怎麼撩我的？」

「我才沒有呢，是你趁人之危。」

童延本來要幫許昕朵鬆開的，結果聽到這句話反而不解開了，撐著身體看著許昕朵說道：「好啊，那我就讓妳見識見識什麼叫趁人之危好不好？」

許昕朵的雙手舉著，被綁在頭頂。

她當時綁得著急，身體換過來後親自感受才意識到她綁得有點緊，童延昨天晚上應該十分難受。

她等著童延幫她鬆綁，童延居然停下來，不幫她解開就算了，還故意戲弄她，她瞬間漲紅了臉。

說真的，這樣被捆著躺在床上的模樣的確羞恥，還會讓人浮想聯翩。

就算許昕朵平時不看那些會標注十八禁的東西，也間接性的知道了一些，並非什麼都不懂的小白花。

最刺激的一次恐怕是換到童延的身體裡，上網時收到魏嵐傳來的壓縮檔，打開後簡直打開了新世界的大門。

被童延捏住下巴的時候，許昕朵的腦袋簡直要炸開了。

許昕朵氣得大吼：「童延！」

童延語氣輕佻地回答：「在呢。」

他笑得狡黠，漂亮的眼眸笑的時候彎彎的，眸中閃閃發亮，像是夜裡飛舞的螢火蟲一般，靈動且夢幻。

隨後他俯下身，在她的嘴唇上蜻蜓點水地親了一下。

許昕朵羞到憤怒，聲音發顫地說道：「打死你……」

童延撐著身體看著許昕朵生氣的樣子，竟然也覺得挺可愛的，輕笑幾聲後才對許昕朵說道：「是妳主動要來我這裡的，來了之後抱著我說喜歡我，還要我親妳，都是妳主動挑起的。」

「……」許昕朵震驚得喉嚨都在微微發顫，回答不出什麼了。

「對，妳記住了，我怕妳，不敢做讓妳生氣的事情，除非被妳勾引得受不住了。」

許昕朵抿著嘴唇不說話，又羞又惱。

童延也不再逗她，伸手幫她解開繩子，隨後扶著她坐起身來。拽來她的手腕看了看，纖細如藕的手腕間有幾道紅色的痕跡，甚至還有繩子的紋路，這麼捆了一個晚上肯定非常難受。

童延幫她揉手腕，疼惜地問：「疼不疼？」

許昕朵沒回答，起身後只是蔫蔫地坐著，垂著頭，也不知道想什麼。

童延歪著頭湊近看她，伸手攏了攏她的短髮，就看到許昕朵眨著眼睛，「啪嗒啪嗒」地掉眼淚。

他瞬間慌了，捧著許昕朵的臉幫她擦眼淚，手忙腳亂之下，想擦眼淚卻像是把眼淚摸勻了，搞得整張小臉都濕乎乎的。

許昕朵再一次害羞到流淚。

許昕朵不敢想，一想就覺得有種火山爆發般的刺激感。

她的腦海裡簡直經歷了海嘯山崩，轟然之間，天地俱變，坍塌的不僅僅是她的心理防線，還有一直保持的尊嚴。

暗戀，是對自我尊嚴的一種無聲的捍衛。

喜歡卻藏在心裡，不想自己的情感得到審判，不想別人對自己的感情進行欣賞。表白，是放下尊嚴與矜持，愛情戰勝了它們，想要得到回應。

她沒有表白，她怯懦，她想保存尊嚴。

然而……許昕朵醉酒後簡直不知羞恥，沒有矜持，還很……輕浮！

努力保持的一切，一夕之間全部毀滅殆盡。

她不知道自己喝醉酒之後是什麼樣的，因為一點記憶都沒有，只能從童延換到她身體裡後的行為去分析。

再聽童延說的話，就覺得簡直要羞死人了。

活不了了，大家一起滅亡吧。

「哎喲，祖宗欸，妳別哭啊……」童延真的是一點辦法都沒有，最後抱著許昕朵往自己的懷裡按，緊緊的摟著。

許昕朵哭他可真受不住，簡直比揍他一頓都讓他難受。

許昕朵不想靠近童延，只想自己冷靜一下，伸手推童延，使得童延開始道歉：「我錯了，祖宗我錯了，下次我什麼都不幹，妳喝醉了我就戴上耳塞，妳靠近我就推開妳。」

「你為什麼不把我關進小房間裡？」這樣她就不會做丟人的事情被童延看到了啊！

她不想在自己喜歡的人面前那麼丟人！再也不喝酒了！

童延真摯地解釋：「我哪敢啊！妳上次喝醉酒非要洗澡，結果在浴缸裡差點睡著，還是我把妳撈出來的。我要是不管妳，妳說不定都出不了浴室！」

許昕朵聽完童延說的話，哭得更崩潰了，乾脆再次躺下，扯著被子蓋住自己，在被子裡掙扎不讓童延碰她，吵著讓他出去：「你出去，讓我冷靜一下！啊啊啊！」

童延聽話地下了床，走到門口說道：「那妳自己冷靜一下，我去做早飯給妳吃。」

最終許昕朵並沒有吃童延做的早餐，她快速洗漱後，換好衣服就下樓。

其實走在樓梯間許昕朵就開始緊張了，想要直接走，又覺得童延其實是無辜的，這麼走了會讓童延寒心。

最後她還是走到開放式的廚房門口。

這個廚房平時不太用，多半是擺設，廚房裡沒有什麼東西可以弄，冰箱裡琳琅滿目，多是飲料和零食。

童延沒辦法，只做了一份粥，拌了沙拉。

許昕朵站在門口，對童延說道：「我還要去工作，不吃了。」

童延原本在找碗碟，聽到這句話的時候站起身來，問道：「妳的腸胃不好，不吃早飯怎麼可以？」

「德雨會幫我買三明治。」

「我煮粥了妳喝一點？」

「不喝了，喝了容易去廁所，我拍攝前水都很少喝。」

童延停下動作，和許昕朵說道：「我下午就去學校了，這學期住校，被通知今天下午過去收拾寢室。」

「哦，我申請了不住校了，不用過去。」

「嗯，我知道，明天妳要自己去上學了。」

許昕朵盯著童延看了一下，表情糾結萬分，下意識地開始咬指甲，接著含糊地說道：「童延，短時間不要過來招惹我，不要和我說話，不要很親密……」

「在學校裡避嫌？」

「不是，我怕我控制不住我自己，殺人滅口。」

「……」童延吞咽了一口吐沫。

他想了想朝著許昕朵走過去，想要和許昕朵說清楚，他真的不在意，她不用這麼害羞。

結果許昕朵朝後後退了兩步，警告道：「你要是再過來，我現在就動手。」

「好……我聽話，不過妳要告訴我一個期限吧？別讓我乾等著。」

「合約到期吧。」

「開玩笑呢？我忍不住，最多五天，週末我們去公寓那裡。」

許昕朵沒回答，指了指廚房裡的刀。

童延遲疑一下點了點頭：「好吧，我聽話。我不招惹妳，但是妳隨時可以招惹我，有事打電話給我。」

「嗯，好。」許昕朵回答完，扭頭跑開。

童延抓了抓頭髮，嘆了一口氣，把粥盛出來自己吃，吃了兩口往裡面放糖。覺得甜味夠了，才繼續吃。

手機在這個時候響起來，看到許昕朵傳訊息給自己解釋：『不是討厭你，是我……』

童延打字回覆：『是妳怎麼？』

許昕朵：『我看到你就覺得害羞。』

童延看著手機上的文字就想笑，想怪許昕朵都怪不了，他只能打字回覆：『別太累了。』

♫

嘉華國際學校高二下學期就已經進入了升學考備戰階段，這學期開始，火箭班多了強制住校，上晚自習的規定。

火箭班學生的住宿費是全免的，這麼要求也不算過分。

童延搬到寢室去住，叫來魏嵐和蘇威幫忙。

童延不願意去多人寢室，要了一個單人寢室，被分配的寢室也是最差的一間，一樓最後一間，靠近學校的後院院牆，走出不遠就有垃圾站。

每次學校收垃圾的車都是停在後門的位置，直接裝車帶走。

據說，這裡夏天的時候不適合開窗。

童延一位大少爺，哪裡受得了這個，看到寢室嫌棄得不行。

魏嵐打開窗戶朝外面看，隨後說道：「我們都捐大樓給學校了，垃圾站改個地方很難嗎？」

童延繼續抱怨：「你看這個破寢室，屁大一點地方，活動範圍這麼小。」

「我的大少爺欸，免費寢室是四人寢室，你金貴，申請單人寢室，高三沒畢業呢，單人寢室少，只能幫你安排到這裡了，能有一間不錯了。而且這裡是一樓，窗戶沒有防護欄，從這裡跑出去很容易，另外我聽說一件事情。」

童延坐在床上，看著魏嵐揚眉：「什麼事？」

「這棟大樓以前是女生宿舍，這個房間裡住過曾經的校花，啊……就是印少疏他那個堂哥，印少臣的女朋友在這裡住過。」

童延想了想後更嫌棄了：「那個印少臣沒少爬窗戶進來吧？我一個單身狗住這裡，想想這裡發生過什麼，這不是更刺激了？」

魏嵐壞笑起來：「等開學了，朵爺哪天來上晚自習了沒離開學校，在學校住沒有寢室，是不是就可以爬窗戶來你的寢室了？啊……說得我都想住校了。」

童延突然坐直了。

許昕朵的確沒有寢室可以住，所以以後如果跟著上晚自習的話，說不定真的有可能……

她們公司的培訓也差不多了，後期的培訓課程會越來越少，沒有工作的時候，是不是……

童延瞬間不討厭這個寢室了。

蘇威看著魏嵐問：「你的小學妹呢？你住校了怎麼約會？」

魏嵐聽完立即嘆氣：「別提了，我同時撩的兩個學妹她們居然互相認識，在大年初八那天我被她們騙了出去，我們三個人一起看了電影。電影我是一點都沒看進去，只想著怎麼逃命才好……」

蘇威和童延瞬間大笑出聲。

童延忍不住好奇，問：「後來你怎麼跑的？」

魏嵐笑得比哭都難看：「帶她們逛街，買買買，買夠了她們開心了，就拉著手開開心心地走了。回去後她們再也沒跟我說過話，應該是把我拉黑了，我也把她們拉黑了。」

第二十五章　家人

開學的日子碰上了週末，以至於三月一日學生們搬寢室，三月二日是大掃除活動，三月三日才正式開學。

童延仗著自己剛轉班，大掃除那天乾脆沒去。

許昕朵則是請了假，嘉華國際學校對學霸都有點寵著，覺得學霸們如果請假，肯定是有事情，一向都會批准。

像邵清和，也是憑著自己「身體不好」，沒來參加大掃除。

開學後，火箭班的氣氛有點微妙。

如今的學生都是走班制，在一起上課的時間不算多，同班同學的概念淡一些。

在火箭班，學生們的進度大多一致，在一起上課的時間相對多一些。但是大家都是競爭對手，加上班級最後幾名總是不穩定，導致火箭班的同班同學們的感情更是一般。

在國際四班，很多同學是從幼稚園就認識的，算是一群青梅竹馬，關係自然好。

到了火箭班裡，就跟一群高一臨開始搭夥過日子的人似的，氣氛肯定不一樣。在火箭班的學生眼裡，教室只是他們暫時讀書的地方。

童延進入班級坐下之後，就察覺到了這一點。

不過也好，他也不打算和這群人發展什麼同學之間的情誼。

火箭班的學生也不太習慣班級裡出現童延。

之前一個許昕朵就讓他們班的風格大變了，現在又來了一個童延。

這感覺就像平靜的小村莊裡，坐滿了喜羊羊、美羊羊。突然，最後排出現殺氣騰騰的灰太狼。前排一個紅太狼，後排一個灰太狼，一群羊兒們瑟瑟發抖。

童延這邊倒是淡定得很，相比之下，許昕朵就不太淡定了。她撐著下巴聽一下課，有點擔心童延跟不上進度。

火箭班在高二就已經開始瘋狂推進度了，到了高三就已經沒有新的內容可學了，一整年都在複習。火箭班今年的勢頭，看起來想再提前個兩、三個月講完。

他們上學期已經開始趕進度了，速度很快，學習差的學生到了火箭班真的跟不上。

她坐在班級的第一排，還是標準的C位，突兀地一回頭，很多人都能注意到。

她故作鎮定地回頭，朝著童延的方向看了一眼。童延正坐在最後排，百無聊賴地看著黑板，注意到許昕朵回頭後，兩個人立即四目相對。

童延剛剛想對許昕朵笑一笑，許昕朵又轉回去了。

第二次回頭的時候，他們兩個人又瞬間四目相對，她看到童延好整以暇地對著她微笑。

許昕朵拿出手機傳訊息給童延：『你好好聽課。』

童延低頭拿出手機，看著許昕朵傳來的訊息覺得好笑，明明影響他上課的人是她好不好。

童延沒多說，只是乖乖地回答：『好。』

許昕朵也覺得自己老是回頭不好，於是從包裡拿出一面小鏡子。書桌上有書做掩護，她把小鏡子卡在中間，調整角度，讓自己能夠從別人的空隙中看到童延。

她和童延的位置實在是太遠了，中間隔了很多人，如果前排的人動一動，就會擋住童延，為此許昕朵十分苦惱。

正在調整，看到邵清和扭頭看著她，看著她的舉動笑呵呵的，不由得一陣臉紅。

她想解釋，但是在上課不好說這個，就轉過頭不看他。

一扭頭，看到穆傾亦也在看她弄鏡子。

她趕緊將鏡子拿下來，突然覺得這個位子真的很尷尬。

午休時間，許昕朵沒理會童延，和婁栩結伴去學生餐廳。

和童延保持距離這件事情是許昕朵提出來的，她不能先破戒。看到童延雖然有點無奈，卻還是找魏嵐和蘇威了，她也就放心了。

走出學生餐廳，看到有女生騷動，再走幾步看到邵清和和穆傾亦站在門口，立即理解了。

這兩個人似乎在等她，看到她出來後主動迎了過來。

穆傾亦依舊是之前那種淡淡的態度，低聲問道：「我們可以聊一聊嗎？」

「可以。」許昕朵答應了，跟著這兩個人一起去人少的圖書館走廊。

「爸媽離婚了。」穆傾亦首先開口說了這句話，直接切入主題，沒有多餘的客套話。

婁栩左右看了看，指著一旁的花壇說道：「啊！那裡……花都枯萎了，我去看看。」

邵清和震驚於婁栩這拙劣的理由，笑呵呵地說道：「我也很好奇，跟去看看。」

等這兩個人離開後，許昕朵才看向穆傾亦，小聲說道：「我之前就聽說了，沒想到……還挺快的，我以為會糾纏好一陣子。」

「我知道媽媽上次去找妳，回來後她哭了很久，接著就下定決心去了朋友那裡住，過年期間都沒有回家。後來也不知道媽媽用了什麼方法，居然讓爸爸同意離婚了。明明之前還在拖拖拉拉，突然就同意了，當天就去了戶政事務所。」

「他們到底是夫妻，彼此之間也會有些把柄吧。」

穆傾亦對這些倒是不感興趣，只是說道：「就算是這樣，媽媽最近的狀態也不太好，我想問問妳，可不可以和她見一面？」

「見我？我見到他們沒有好話，說不定會雪上加霜。」

「妳可能是她最後的救贖，」穆傾亦看著許昕朵，突然忍不住苦笑起來，「她的確不算一個很好的媽媽，那陣子我看到家裡的情況也很生氣。但是她已經做出努力了，妳能不能……稍微鼓勵她幾句，我怕她像清和的媽媽一樣……精神出現問題。」

聽到這些話，許昕朵沉默了。

穆傾亦在她離開後，沒有刻意來找過她，這麼鄭重地來找她還是第一次。

許昕朵知道他卡在中間很為難，所以乾脆表現出無情的樣子，這樣有什麼事情，穆傾亦也不會被家裡怪罪，說是她不近人情就可以了。

現在穆傾亦開口了，穆母的確為她做出努力，她反而有點不知所措。

「我考慮一下。」許昕朵沉著聲音回答。

穆傾亦點了點頭，似乎還想說什麼，最後忍住了。

下午的課許昕朵上得無精打采的，放學後立即離開學校去公司。

從公司出來的時間是晚上十點鐘，她拿出手機後看到童延傳給她的訊息：『下午怎麼了？』

她承認她沒有自己想像中強大，看到童延的關心之後一瞬間崩塌了。

她突然特別想見見童延，每次遇到問題，只有童延能夠瞬間治癒她。

因為童延最懂她。

她沒有回訊息，讓德雨開車去學校，接著站在圍欄外打電話給童延。

童延正在悶頭寫火箭班的作業，開學第一天，作業多到讓他懷疑人生，接通電話的時候手裡的筆都沒停，隨口問道：「喂，到家了？」

『我在學校欄杆外面。』

「我靠？」

『你出得來嗎？』

「妳在，我出不去也要去啊。」

童延的寢室在一樓，打開窗戶就出去了，到了圍欄的位置看到許昕朵，朝著她走過去問：「怎麼突然過來了？」

「想和你聊聊天。」

「妳在欄杆外面，我在欄杆裡面，是不是還要唱一首〈鐵窗淚〉？」

「那是什麼歌？」

「……」這歌確實老，童延也是聽到偷偷去取外送的同學開玩笑才知道這首歌。

童延指了指後面的牆，說道：「那邊能跳進來，妳去我寢室裡說吧，外面還挺冷的。」

「去男生宿舍？」

「我是單人寢室，在一樓，沒有別人放心吧。」

「哦……」

許昕朵按照童延的指揮，到了那邊的牆試著往裡爬。要不是她個子高身手矯捷，還挺難翻進來。

這面牆的高度簡直喪盡天良，運動能力稍微差一點，或者身高不夠，一個人的情況下絕對無法挑戰。

坐在牆頭看到童延大咧咧地站在牆下張開手臂等著她：「來，到老公懷裡來。」

許昕朵恨不得一腳將他踢翻：「我用得著你？」

說完自己跳了下去，穩穩落地。

兩個人朝著宿舍的方向走，接著一起通過窗戶進了童延的寢室。

寢室裡還開著燈，許昕朵左右看了看，不由得說道：「單人寢室的環境還不錯啊，還有單獨衛浴。」

「這叫好？」

「我們鄉下的房子都住過，你都沒嫌棄啊。」

童延關上窗戶，把窗簾也拉上了。

他這人嬌貴，寢室床鋪的床墊子是自己買的，進來之後，之前的書桌、衣櫃也被他扔給別的寢室了，自己買了新的。

這個所謂的新的還不能有一點味道，要是廠商的現貨，在倉庫散過半年味道的那種。

這還不夠，寢室裡還鋪了地毯，窗簾毫不透光，還嫌棄拉窗簾要手動不是自動的。

「這能一樣嗎？」童延反駁一句，讓許昕朵把羽絨外套脫了，接著幫她披上披肩，「鄉下的房子我覺得有家的溫馨，這沒有。」

許昕朵裹著披肩坐在床上，垂頭嘆了一口氣：「明明說保持距離，倒是我先來找你了。」

「說說看吧，誰欺負我們家小太陽了？」

許昕朵把穆傾亦說的事情，跟他說了。

童延坐在她身邊點了點頭，明白許昕朵的糾結。

他護短，遇到這些事情都是站在許昕朵的角度來看，多少有點厭惡穆家人。

他嘆氣說道：「他們做出努力，就一定要立即原諒嗎，憑什麼啊？就像是抄襲作品，我偷了你的作品，寫了我的名字，這件事情被你發現了你想要公開，我罵你不懂得體諒人。你妥協了，作品你不要了，你只想和我撇清界線不做朋友了。我過陣子來找你說，我為了你和出版社鬧翻了，我打算公開了，我做出犧牲了，你該原諒我了吧。傷害已經有了，難過已經經歷了，他們做出一點讓步就要感激涕零嗎？」

許昕朵有點想哭，眼眶有點熱，特別小聲地說道：「是不是我不回來，他們也不會這樣，他們說不定還會是幸福的？我就像一個掃把星……」

「妳為什麼要覺得愧疚？妳不覺得那種婚姻結束了反而挺好的嗎？」

「在別人看來，是我一個人小心眼，耿耿於懷，或許我及時做出讓步，也能美滿解決？」

「經歷這些事情的不是他們，他們說風涼話一個比一個厲害，勸人善良的人都他媽的該親自來試試這些事情到底是什麼滋味。」

許昕朵糾結的問：「那我應該去見她嗎？」

「妳來問我，就是心軟了吧？」

許昕朵沒回答，陷入沉默。

童延看著許昕朵嘆氣，接著走過去抱著她說道：「我很生氣，是因為我看著妳所有的經歷，知道妳的難受，所以生氣。我不想妳原諒他們，不想妳和他們有什麼牽扯。但是妳不一樣，妳一直以來缺少的就是這種感情，如果……妳還想有一絲希望，就去一次吧。」

許昕朵靠在童延懷裡，緊緊的抱著他。

童延繼續安慰：「沒事，反正妳記住，有我和奶奶在呢，我永遠陪著妳。他們給不了妳的，我都能給妳。」

許昕朵覺得好多了，被童延安慰之後心裡瞬間輕鬆下來。

去見一見吧，就當是最後一次嘗試親情，以後也不會有什麼負罪感。

決定之後，許昕朵推開童延準備出去，卻被童延拽住：「妳幹什麼？」

「回家啊。」

「這麼晚還回去？妳留在我這裡住唄。」

許昕朵看著這張寬度不超過一百五十公分的床，睡兩個人有點擠吧？

而且，和童延一起住？

怎麼可能？

童延突然小聲說：「第一次住宿舍，我害怕……」

許昕朵看童延一陣子，接著拿出手機傳語音訊息給魏嵐：『魏嵐，童延說他一個人住宿舍害怕，你能不能過來陪他住幾天？』

童延聽完立即搶走許昕朵的手機，傳語音訊息：『不用你來，滾蛋。』

很快，魏嵐就回覆了：『這麼晚你們還在一起呢啊，行了，我懂了，哈哈哈。』

最後的笑聲實在是太淫蕩了，讓許昕朵半天回不過神。

等她反應過來後，立即踹了童延一腳：「你混蛋！」

童延故作無辜地問：「我又怎麼了？」

「我走了，不管你了。」

許昕朵說完趕緊去開窗戶，還是童延走過來幫她套上羽絨服，接著和她一起跳窗戶，送她離開。

看到許昕朵上了德雨的車，童延才算是放心。就算許昕朵如何強大，在他的心裡還是需要保護，很多情況下孤虎怕群狼。

往回走的時候，童延看到邵清和坐在自動販賣機的房間裡，開著窗戶，抽著菸看著他。

童延：「……」

火箭班的學霸比他還囂張啊。

邵清和依舊是笑呵呵的模樣，被看到了也不慌張，反而淡然地說道：「彼此保密。」

童延點了點頭，回答：「好。」

童延走了一段路後又折返回來，站在邵清和面前問他：「你對她……是什麼想法？」

邵清和還真認真想了想，隨後說道：「很感興趣。」

童延微微揚起下巴，繼續問：「然後呢？」

「沒有然後了吧，你們之間恐怕插不進任何人。」邵清和喜歡觀察別人，所以能夠看出來許昕朵和童延之間的情誼非比尋常。

這種關係，如果不是童延做了什麼讓許昕朵徹底絕望的事情，許昕朵是不會離開童延的。

同樣，童延也會一直死死守著許昕朵，就算開學後保持著距離，眼神卻一直鎖定在許昕朵身上。

這兩個人之間捆綁著枷鎖，旁人無法插足進去。

這個回答取悅了童延，他對邵清和的態度稍微好了一些，又問了一句：「你這算是人設垮了嗎？」

「也不算吧，你煩的時候有她陪，我沒有。」

「穆傾亦呢？」

「他也很煩，何必互相污染。」

童延沒多說，又看了邵清和一眼，看到他吸了一口菸，從鼻翼噴吐出煙霧來，吸菸的時候沉默又低沉，動作嫻熟，明顯不是新手。

童延覺得大開眼界，突然想起許昕朵說過的，邵清和有可能會自殺的事情。

童延回到寢室裡後，跟許昕朵說了這件事情。

許昕朵正在車上，回訊息也挺快的：『我覺得邵清和是在做抉擇，是一了百了，還是脫離原生家庭。第一個選擇他可以自我解脫，也能報復家裡，讓父母再失去一個孩子，痛徹心扉。第二個選擇是為了他自己，活下去。』

童延：『喲！挺瞭解啊。』

許昕朵：『我只喜歡你。』

童延：『好，哄好了。』

許昕朵：『大學恐怕是邵清和會選擇的時間，不知道這一年半他能不能堅持過去。』

許昕朵：『其實我有時有點怕他，總覺得他比誰都脆弱，真怕哪天他突然之間消失。』

許昕朵：『他說他把我當成他的支撐，他總是想看看我是怎麼撐過去的。』

童延：『妳想拯救他？』

許昕朵：『也不算，其實都自顧不暇呢，哪有那種善心，只是有點唏噓。』

童延：『嗯，突然想起來，妳大學想考哪裡啊？』

許昕朵：『沒想過，能考上哪裡就考哪裡吧。』

童延：『我呢？』

許昕朵：『說的就是你』

童延：『妳自己沒想過考哪裡嗎？』

許昕朵：『你為了我選擇考國內，我為了你選擇大學，很公平啊。』

童延看著手機，突然從被窩裡坐起來，繼續看書。

媽的，睡什麼覺？讀書！

♫

許昕朵答應去見穆母了，不過要等她公司那邊有空了再去。

時間被安排在兩週後，許昕朵拍攝完畢後晚上七點收工，乘坐車子去穆母此時的住處。

穆母顯然很早就在等了，有點坐立不安。在看到許昕朵來到之後，立即走出來迎接。

許昕朵今天有拍攝，臉上還有妝，是非常誇張的煙熏妝，暗黑頹廢系的。她著急過來也就沒卸妝，導致穆母看到她之後愣了一下，接著笑著問她：「累不累？」

穆母實在太緊張了，笑得像在哭，原本挺高雅的婦人竟然成了這個樣子。

許昕朵有點於心不忍，於是低聲回答：「還好，並不累。」

穆母現在的住的是臨時租的小別墅，環境還挺不錯的，裝潢精緻，簡潔的北歐風格，穆母一個人住綽綽有餘。

這裡是度假用的短租民宿，穆母比較闊氣，直接租了幾個月，等離婚的事情全部解決完就搬走。

許昕朵走進去看到大一些的男孩子的鞋子，猜測是穆傾亦也在。

走到廚房看到穆傾亦站在鍋前插著腰看著鍋，眉頭緊蹙，注意到許昕朵來了之後問她：「鍋蓋在跳，我應該怎麼關上它才能不被水濺到？」

這個問題讓兩個女性都沉默下來。

許昕朵走過去，直截了當地關了瓦斯爐開關，將火關了後接收到穆傾亦欽佩的目光。

許昕朵：「……」

穆母走進來拿抹布擦了擦瓦斯爐，同時跟許昕朵解釋：「我一個人在這裡住，就沒有請保姆，畢竟我平時也沒有什麼事情可以做，自己完全可以，剛才著急去接妳才忘記我在煲湯。」

許昕朵點了點頭，接著跟著母子二人去了客廳。

穆傾瑤並不在。

她也看出來了，穆傾瑤最近都跟隱形人一樣，恨不得班級裡所有人都注意不到她，她和穆傾亦也是零溝通。

許昕朵坐下後，從包裡拿出卸妝濕巾，一邊擦臉一邊和兩個人聊天：「你們吃飯了嗎？」

穆母揉搓著雙手回答：「還沒有，在等妳。」

許昕朵看到湯就猜到了，不由得詫異：「我不是說過我會在拍攝的期間吃一些糕點嗎？」

穆母回答：「還是想等妳一起正式吃晚飯，一家人難得聚在一起。」

許昕朵想了想後說道：「嗯，好，我先去卸妝，洗手間在哪裡？」

穆母指了一個方向。

許昕朵卸妝出來時母子二人正在整理餐桌，穆傾亦明顯很少做這些事情，笨手笨腳的，她出來的時候，正好看到穆傾亦在擦灑在桌面上的菜湯。

還不如童延呢，童延至少會煮粥。

許昕朵走過去抓住穆傾亦的手腕，看了看穆傾亦的手，有被燙紅的痕跡，於是說道：「用涼水沖一沖。」

「哦……」穆傾亦答應之後扭頭去了洗手間。

他們也都知道許昕朵的吃飯習慣，吃飯期間三個人都沒有說話，安安靜靜地吃完。

許昕朵要幫忙收拾，穆母趕緊攔住：「先不用收拾，我們聊聊天吧……時間已經不早了。」

許昕朵停了下來，站在一邊說道：「嗯，好，我飯後站一下。」

「可以。」穆母看著許昕朵素顏的樣子，又開始糾結，許久後才怯怯地問：「妳最近好嗎？」

其實穆母想聽許昕朵說她自己是怎麼過的，說說她過得怎麼樣。

許昕朵想了想後回答：「我最近都是平面模特兒居多，之前在聯繫一家大牌雜誌做長期，後來主編說要再觀察一下，所以這一批沒有簽我，要到年中才能決定。公司要幫我安排走秀，就在暑假期間，出場費也十分合理。」

穆母還是十分擔心，問道：「暑假出去兼職，會不會影響讀書？」

「無所謂，我早期就是三天打魚兩天曬網，成績也沒有掉下來。」

許昕朵這些年裡早就習慣了，去童延這邊幾天，在自己那邊幾天，經常是間斷性地學習。這讓她擁有了超凡的自學能力，看看書，再寫題目，自行理解一番就可以了。實在不會就去問問老師，最後成績一樣好。

穆母在這個時候說道：「我在穆文彥給我離婚補償後，會自己開一家美容院，這些年裡我沒有做過其他事情，大學的知識也都丟掉了，只有美容院經常去，還算了解一些，所以……」

因為上次惹許昕朵生氣，這次穆母說話小心翼翼的，說幾句就要抬頭看看許昕朵的表情。

看到穆母這個樣子，許昕朵覺得心口揪緊了一下，到底不是鐵石心腸，嘆氣說道：「別在本市，最好離開這個地方，去其他的城市開，遠離這裡，地址也不要告訴很多人。」

穆母：「可是我的人脈關係都在這裡……」

許昕朵：「穆文彥在這裡，妳的美容院開起來之後他說不定會時不時來搗亂，妳要到一個他找不到的地方重新開始。人脈關係可以用來求取經驗，或者是供貨管道，不要為了這點關係就留下隱患。」

穆母聽完遲疑了一下，知道穆文彥的確是會糾纏的人，隨後點了點頭。

「還有，凡事留一線，別孤注一擲，如果全都賠了會血本無歸。妳在家裡多年，缺少處事經驗，風險還是很大的。留一些錢買房子，投資理財，還可以試著再開一家店，小型的，租個店鋪簡單裝潢，做雲吞也可以，不是妳家裡經營過的嗎？這個店用來保本，當妳的底牌吧。妳做的雲吞還挺好吃的……」

聽到許昕朵的誇獎，穆母有一瞬間的欣喜，隨後點了點頭：「嗯，好。」

穆傾亦坐在一旁聽著，也不說話，算是認同了許昕朵的提議。

許昕朵快速看了穆母一眼，暗暗握緊了拳頭又鬆開。

「我可以接受你們，雖然真的很尷尬，但是可以嘗試有一個哥哥，有一個母親，我可以試著努力。」許昕朵說完後彆扭地將頭扭到一旁，看著地面再次補充，「不過，我不想有那個所謂真的身分了，我不想改姓穆，也不想有法律上的關係……」

也就是說，許昕朵願意接納他們了，願意繼續這份親情。

但是這只是情誼上的，不是法律上的。如果哪天真的再出了什麼事情，她也能夠立即脫身，不跟這家人有任何牽扯。

許昕朵不喜歡那個父親，不想被父親糾纏，不認回去，反而是好的。

她和童延說起過自己的想法，有些東西在她渴望的時候不給她，過後再給她，她反而不想要了。

這種無理的要求穆母也同意了：「可以啊！只要妳願意接受我和哥哥就可以，妳想怎麼樣都可以，我和他離婚就是為了能讓妳可以隨意的跟我們任性。就算不這麼拘謹也沒事，跟我們吵，跟我們鬧也可以，妳是我的女兒啊，女兒和親人之間有摩擦很正常，不要緊的。」

許昕朵咬著下唇，微微蹙眉，總覺得自己的保持得很好的意志力在一點點崩塌。

一直沒有開口的穆傾亦突然說道：「那我以後可以叫妳妹妹嗎？」

許昕朵鬆口了，回答：「哦，可以……」

「叫朵朵呢？」

「也可以。」

穆傾亦一直都是淡然且冷漠的，此時突然笑了起來，揚起嘴角，笑得純粹，毫無雜質。

穆母無疑是開心的，看到兩個孩子冰釋前嫌，有點熱淚盈眶，開始說著一些話：「以後朵朵可以和我一起生活嗎？大學後沒時間打工的話，我也可以承擔妳的生活費。我們一家人能不能多見幾面？」

許昕朵面對這樣的問題遲疑了一下，還沒回答，看到穆母走過來要擁抱她，趕緊躲開了。

「我……我就是這樣想的，但是可不可以給我點時間……我先走了。」許昕朵說完，拿起外套快速朝外面走。

她的模樣有些狼狽，讓穆母錯愕不已。

穆傾亦反應過來，起身說道：「我送妳。」

許昕朵和穆傾亦並肩走出去，怕他們誤會，還是解釋道：「我不太適應，讓我……緩緩行嗎？」

「對於妳來說我們是陌生人，相處沒有多久就要演繹親情至深的確有些為難妳，會很尷尬，我明白。」

「嗯……」

「不急的，日子還很長，慢慢來吧。」

兩個人走出去不遠，看到童延等在德雨的車附近，見到許昕朵過來後立即迎了過來。

許昕朵詫異地問：「你怎麼來了？」

「怕妳被欺負，過來接妳才放心。」

「我沒事。」

穆傾亦以前看到許昕朵和童延在一起會擔心，但是看到童延居然為了許昕朵轉班到了火箭班，漸漸的也覺得童延對許昕朵是認真的。

看到童延來接她，穆傾亦反而放心了，說道：「謝謝妳願意給她機會，我會跟她說清楚的。」

和童延結伴離開後，兩個人一起去了許昕朵的公寓。

許昕朵在路上跟童延說自己去穆母那裡發生的事情，進門的時候還跟童延說：「我當時真的尷尬得渾身毛孔都張開了，真的很難短時間內和他們熟悉起來。」

童延點了點頭，幫許昕朵脫掉外套，把衣服掛在門口。

許昕朵還在思考該怎麼跟童延形容：「就是……我之前在你身體裡過，我知道魏嵐是什麼樣的人，所以還算適應。但是如果之前完全不認識魏嵐，魏嵐這種人我就無法接受，突然過來叫我寶貝，說著輕浮的話，摸摸我的頭，攏我的頭髮，我八成會把他的腦殼敲碎。」

「嗯，我懂的。」

「我可以先試著接受他們，也可以培養親情。但是看到他們突然熱情，恨不得跟我擁抱，現在就要讓我住進他們家裡，我又落荒而逃了。我……是不是挺難伺候的？是不是有點矯情？」

「慢慢來，如果想要給他們機會，就慢慢適應，這種事情是相互的，他們也能理解。如果我活了十七年，突然有一個人跑出來說是我媽媽，希望我和她一起生活，我也很難立即適應。」

許昕朵點了點頭，認同童延的說法，卻還是覺得自己這麼走了，穆母說不定又要哭鼻子，瞬間覺得頭疼。

回過神來的時候，就看到童延脫掉外套，走進廚房去冰箱裡找果汁喝。

她怎麼又和童延一起回家了？

許昕朵趕緊跟過去問他：「你怎麼進來了？」

「我為什麼不能進來，這裡又沒有別的人？而且妳看看，這麼晚了，十點多了，難不成妳還讓我回去？」

許昕朵不管，拉著童延往外走，拿來童延的外套幫他披上，下了逐客令：「好了，謝謝你來接我，再見。」

童延肩膀上披著外套，手裡拿著果汁，站在門外一臉震驚，問道：「這就趕我走？」

「嗯。」許昕朵認真地點頭。

「妳這個沒良心的！」

許昕朵再次進屋，拿了一條圍巾出來，纏在他的脖子上：「晚上冷，你多穿一點，拜拜。」

童延還沒反應過來，許昕朵就關上門，並且從裡面反鎖，他在外面有指紋都打不開。

童延只能在門廳的位置換鞋子，早知道就不應該加這道門！沒良心的！

也不是許昕朵不留童延，實在是他們兩個人之間的關係從表白後就開始突飛猛進。

童延又有點太自然了，尤其是在只有他們兩個人的情況下，簡直是明目張膽，胡作非為，臭不要臉。

這次再留童延和她一起單獨住，簡直就是引狼入室，她趕走童延也是為了自保。

主要是……她拒絕不了童延，她怕她的不矜持讓自己開始配合童延，幹出什麼擦槍走火的事情來。

她是在十二月簽合約的，現在是三月，已經過去三個多月了，還有不到九個月的時間。

再忍忍，又不是禽獸！

又不是九個月後就不喜歡了！

許昕朵要跟童延保持距離，在童延轉班過來後，都沒怎麼和童延有過接觸，一度讓人懷疑兩個人「分手」了。

學生之間議論紛紛，又覺得很奇怪，如果分手了，童延怎麼還會留在火箭班？

而且，兩個人的模樣真的很詭異。

在第一次月考結束後，火箭班的學生才第一次見識到許昕朵和童延在一起的畫面。

其實也沒有那麼甜蜜。

考試卷子發下來後，剛剛下課許昕朵就朝班級後門走。

童延在火箭班一個月了，許昕朵從來沒靠近過童延的範圍，這一次突如其來，童延想都沒想到，看到許昕朵過來趕緊收起卷子。

然而他的動作還是慢了，許昕朵快速走過來，伸手抓住他的手臂，接著拿起他的國文卷子開始看。

童延覺得頭皮發麻，輕咳一聲問：「那個……妳喝不喝烏龍茶？我去買。」

「不喝。」

「妳想不想吃水果？」

「不吃。」

「妳……」

「閉嘴。」

「好的。」童延秒怕。

許昕朵看了看童延的卷子，火氣直往頭頂冒，抖著卷子問童延：「閱讀理解題總分二十五分，你只拿了三分？」

「嗯，我看了也生氣，就不能給我這個強迫症湊個雙數？」

「為什麼會這麼低呢？閱讀理解很難嗎？你是看不懂人話嗎？」

「妳別人身攻擊啊。」

「我人身攻擊了？」

「妳不是在說我聽力不好嗎？」

「……」這感覺真的很奇妙。

讓許昕朵幫童延補課，她可以補，但是童延欠缺的方向真的讓人無從下手。

童延的理科成績非常好，跟著複習一個月的時間就可以考接近滿分了，他的腦子很聰明。

但是閱讀理解和作文，怎麼補？誰來告訴她怎麼補！

許昕朵又看了看童延的其他卷子，發現需要背的童延也都能答對，分數全部耽誤在這兩點上。許昕朵氣得直捂心口。

童延也是十分忐忑，拿出手機給許昕朵看：「妳看，我這次排名還上升了呢，我排在四十七名了。」

「你再看，全班國文成績你倒數第一。」

「是嗎？」童延低頭掃了手機上的排名一眼，確定了，他的國文確實是倒第一，國文拉低了平均分。

兩個人就此陷入沉默中。

許昕朵乾脆坐在童延的桌面上，拿著童延的考卷苦惱。

最近穆傾亦和她的關係有所緩和，也跟著走過來拿走童延的試卷跟著看，說道：「閱讀理解也有技巧。」

「我查過，而且跟他總結過一些小技巧，但是他完全看不懂。」

「是不是國際班上久了，突然轉到普通班對語文有點吃不透？」

「他就是聽不懂人話！」

「也不能這麼說，可能只是單純的語文方面比較遲鈍。」

童延看著這兄妹倆拿著他的考卷研究，那嚴肅的表情就好像兩位主治醫師，一位表示這個患者沒救了，一個表示可能還有救，頂多就是救好了也是個癡呆。

童延正要說話的時候，邵清和也聚了過來，跟著看童延的卷子，同時提議：「讓他背往年的滿分作文呢？」

許昕朵嘆氣：「只能這樣了，之後我再跟他講講，大致看看怎麼寫的就可以了，寫了別人的句子就是抄襲了。」

這畫面讓童延忍不住捂臉，這真的是……被圍觀了他的短處。

閱讀理解這種題目讓他覺得委屈，他覺得，作者寫的時候真的沒有想那麼多。這些題目的標準答案，全靠老師定義，很多簡單的詞彙都變得別有深意起來。

這也是很多閱讀理解題都選用已故之人的文章的原因，因為死無對證，理解錯了也不會被反駁。

他伸手試圖拿回自己的考卷，結果桌面其他卷子也被許昕朵收走了，並且對他說道：「我會看你的考卷，之後研究出針對你的補課方向。」

童延看著許昕朵帶著兩個男生回他們的位子，三個人聚在一起看童延的卷子，一起研究童延欠缺的地方。

這跟公開示眾有什麼區別？

他坐在座位上朝前看了一陣子，開始咬牙切齒。

和穆傾亦也就算了，和邵清和靠那麼近幹什麼？袖子的衣服都碰到了吧？

邵清和又笑了！這傢伙整天笑呵呵的，是不是笑面佛轉世啊？上揚的嘴角是半永久刺青？

他突然覺得蘇威那種笑起來能看到扁桃體的笑容很順眼了。

另一邊，穆傾瑤坐在位子上注意到他們那邊。

穆母離婚的事情穆傾瑤也知道，在離婚的時候穆母曾經問過她，是否要跟自己離開。

穆傾瑤覺得穆母離開了穆父什麼都不是，還是要依附於穆父。穆父不給生活費，她就只能坐吃等死，還不如直接留在穆父這裡，於是婉拒了。

穆母之後沒再聯繫過她，連離婚辦理完畢後住在哪裡都沒告訴穆傾瑤，對這個女兒心寒了。

穆傾瑤沒有在意，她想要的只是穩定的生活而已，她不想去體驗苦日子，想想就可怕。

之後開學，她發現許昕朵和穆傾亦的關係漸漸好了起來。

今天就是這樣，似乎連帶著童延跟穆傾亦他們的關係也好了起來，之前穆傾亦和童延兩個人一直都是互相看不順眼的狀態。

她記得，之前穆傾亦也不太認可許昕朵和童延在一起，覺得這兩個人在一起沒有未來。

看到童延轉班，知道尹嫿的態度後，穆傾亦就沒再說過什麼了。

看到哥哥和許昕朵的關係越來越好，和她的關係越來越生疏，穆傾瑤心裡越發難受起來。

明明是一起長大的，這麼多年的情誼，完全敵不過血緣關係嗎？

這樣的關係變化是對她最大的嘲諷，她已經很多次聽到同學們的議論了。

許昕朵和穆傾亦坐在一起的視覺衝擊感實在是太強了，再加上她也在這個班級裡，很多人都覺得他們兄妹三人十分滑稽了。

最近也是多事之秋。之前論壇大鬧，後來李辛檸到處說她的壞話，加上鬧過一次換答案卡的事情，穆傾瑤的風評越來越差。

現在，她恨不得在班裡一言不發，讓大家忽視自己的存在。

總覺得最近其他人看她的時候，目光都是嘲諷的，讓她越發的氣惱起來。

這個時候突然有人跟穆傾瑤說話：「穆傾瑤，李辛檸要回火箭班了，這次考了四十六名。才離開我們班一個月啊……」

「嗯，那很好啊。」穆傾瑤微笑著回答。

「她回來之後會和童延坐在一起，前排就是顧爵。」

「是嗎？」

主動搭話的人覺得沒意思，也就沒再跟穆傾瑤聊天了。

穆傾瑤故作淡定地繼續看書，心中卻是煩躁得不行，那邊有許昕朵，這邊李辛檸又回來，真討人厭。看來最近李辛檸沒有被打擊到，反而還挺努力的。

不過之後坐童延旁邊，前面還是顧爵，這位綠茶先鋒不得和瑪麗蘇文裡的女主角一樣開始表演了？

拿出手機看著好友列表，她和沈築杭已經有一個星期沒聯繫了。

在李辛檸出了火箭班後，李辛檸變本加厲的纏著沈築杭，跟沈築杭哭訴，還一幅無辜的樣子。沈築杭特別吃這套，對李辛檸心疼到不行，覺得她心如蛇蠍。

她想了想還是傳了一則訊息給沈築杭：『我這次成績進入前十名了呢，是第八名。』

許久後，沈築杭才回覆：『等李辛檸回火箭班之後，妳別為難她好嗎？』

第二十六章　打架夫妻檔

看到沈築杭的訊息，穆傾瑤一瞬間噁心到了極點。

她總覺得沈築杭簡直是拿了苦情狗血劇的男主角劇本，她是劇本裡邪惡的未婚妻，李辛檸是「純情」的勾走他魂魄的小白花。

以前和沈築杭在一起的時候還認為挺好的，最近越發嫌棄起來，甚至覺得以前瞎了眼。她發現，越是這樣高不成低不就的男生，越是自我感覺良好，覺得自己很受歡迎。

如果李辛檸不是討厭她，怎麼會看上這頭豬？這頭豬憑藉李辛檸討厭她，才能占李辛檸的便宜。李辛檸被這頭豬拱的時候不覺得噁心嗎？犧牲可真夠大的！對自己下手真狠。

想到這裡穆傾瑤更氣了。

越是童延這種從小就不缺人喜歡，一直被人捧著的大少爺，越是專情。他們不會受寵若驚，被人喜歡習以為常，能夠很快地拒絕，毫不拖泥帶水。

相反，沈築杭這種男生，有李辛檸這樣的女生示好就飄飄然，現在還勸她對李辛檸好點？這是欺負到頭上來了？對未婚妻說，對小三好一點？這個狗男人還能再渣一點嗎？

穆傾瑤打字回覆：『我對她一直很好啊，只是她不太喜歡我。不知道她都跟你說了些什麼，搞得我好難過啊。』

沈築杭那邊等了半天，才打字回覆她：『我希望不要再有什麼事情發生了。』

穆傾瑤放下手機，拄著下巴思考李辛檸和童延成了隔壁桌，肯定不會安分，不知道可不可以利用這個呢？

事情不能從她這裡傳出去，但是可以間接傳到沈築杭的耳朵裡，讓他這個傻子認識認識李辛檸的真面目。

啊啊，好煩啊，為什麼許昕朵就能吸引童延這種男生呢？

為什麼她身邊不是顧爵這種海王，就是沈築杭這種渣男呢？

週末，穆傾瑤從補習班回來時哼著歌，進門看到穆父坐在客廳。

最近穆父很少回家，畢竟家裡只有她一個人，穆母離開了，穆傾亦也不太回家，她也樂得自在。突然看到穆父回來，穆傾瑤腳步一頓，隨後叫到：「爸爸。」

穆父正坐在客廳裡吸菸，見到穆傾瑤後將菸頭按滅在菸灰缸裡，隨後問道：「哥哥和妳一起上課嗎？」

「嗯，是一起的，不過結束後他和邵清和一起走了，不知道去做什麼了。」

穆父點了點頭後問：「妳最近和沈築杭的關係怎麼樣？」

穆傾瑤走進來隨意地回答：「還是那樣吧，不好也不壞。」

「許昕朵她最近在做模特兒？」顯然，穆父已經知道許昕朵最近的近況，想跟穆傾瑤打聽一下。

穆傾瑤走到單人沙發坐下，回答：「嗯，她最近在做兼職，好像已經小有名氣了。」

穆父有些不解：「尹嫿幫她介紹的？要把她帶進娛樂圈？」

「也不是，是透過邵清和找的，去的是邵家的公司。」

「這……童家也沒幫她什麼啊？」

穆傾瑤搖了搖頭回答：「具體我也不知道，我沒看她最近過得多好，還是挺節省的。」

穆傾瑤她們這些女生很喜歡研究小飾品，包包、眼鏡啊，很多都喜歡買有品牌的。

她刻意觀察過，許昕朵用的東西沒有什麼太好的，包包是幾百元的普通包包，鞋子也是二、三百元的普通品牌。

這樣的水準，不像是在童家做養女，沒看到哪裡過得好了。

要知道，童延每天的鞋都不重複，隨便一雙都是四位數起跳，有幾款更是有市無價，網路上報價二手就要幾十萬，還不一定能買到。

童延最常穿的那幾雙黑色的是四萬多一雙。也不是不換鞋，只是黑色的主體，有很小的裝飾，裝飾物紅色、黃色、藍色各一雙，也不知道這位為什麼這麼執著於這雙鞋。

「那她和童延呢？是不是在交往？」穆父繼續問。

他對童延和許昕朵的關係還是非常關心的，總覺得如果許昕朵能和童延交往也挺好的，最好能結婚，那他和童家也算是有一點聯繫了吧？

穆傾瑤也不知道該怎麼說明兩個人的關係，想了想後才回答：「他們兩個人在學校裡根本不說話，偶爾才找對方。而且許昕朵不上晚自習，每天出去兼職，兩個人的來往挺少的。」

「這是關係不好？」

穆傾瑤再次搖頭：「也不是不好，是含糊不清的，不像最開始那麼黏在一起了。」

穆父聽完「嘖」了一聲，瞭解了，說道：「這些小男生都不長情，難得看到一個女孩子好奇，等熟悉了之後發現沒有想像中那麼好，也就甩了。如果和童延分手了，童家不要她了，她還是要回來。」

果然啊……童家對許昕朵也只是暫時的，並且也沒見到童家對她有多好。

這個丫頭還是嫩，和童家處好關係，結果什麼好都沒討到，白白浪費力氣和心思。

等童家不理她，隨手丟掉了，那個時候許昕朵就沒辦法再趾高氣揚了。

想想就覺得解氣。

穆傾瑤突然低聲說：「不過，許昕朵最近和哥哥的關係好起來了，有一次我還聽到許昕朵叫他哥，讓他幫自己拿書，她要去洗手間。」

「他們的關係好起來了？」穆父微微蹙眉，隨後冷哼，「離婚了，他們一家三口的關係倒是好了，這個許昕朵就是不想我們穆家過得好。現在分崩離析了，她看著舒坦了，願意和他們關係好了。呵，到底是被一個沒文化的老太太養大的，心腸就是不行，見不得別人好。」

穆傾瑤不知道該怎麼回應，只是靜靜地坐著。

穆父遲疑一下，問她：「妳媽媽跟妳聯繫了嗎？」

「沒有。」

「妳也不知道她住在哪裡？」

「不知道。」

「哼，跑的倒是挺遠的，只有跟我要錢的時候積極。」

穆傾瑤有點不想聽，尷尬地說道：「爸爸，我先上樓了。」

「妳能不能打聽到妳媽媽的住處？」

穆傾瑤的動作稍微停頓片刻，隨後說道：「哥哥的司機嘴巴很嚴，不會說的，但是之前不是僱用過一個女司機給許昕朵嗎？我前陣子看到她還在幫許昕朵開車，她肯定送許昕朵去過媽媽那裡，你打聽看看？」

穆父立即拿出手機擺弄，隨後對穆傾瑤說：「行，妳先上去吧。」

穆父最近完全聯繫不上穆母，心裡多少有點不甘。他不知道是誰給穆母出的主意，居然用他以前做的回扣手腳來威脅他。這些都是虛報價格，吃了中間層回扣，坑熟人的事情。

如果這件事情被穆母捅出去，對穆父的影響很大，很多老的合作夥伴都會鬧矛盾，穆父不得不妥協了。但是離婚了他又覺得難受，甚至還沒有對外說過離婚的事情，總想去找穆母，總覺得再哄幾句穆母就會回來。

正在傳訊息詢問德雨聯繫方式的時候，他收到了沈父傳來的訊息。

沈父：『實在是不好意思，這件事情也是覺得臉面上掛不住，才不得不請你做一份親子鑑定。』

沈父：『證明瑤瑤是你們的親生女兒就行。』

沈父：『出了這個證明，也能平息悠悠眾口，你覺得呢？』

穆父看到沈父傳來的訊息，心中又是一陣翻江倒海，親子鑑定根本做不出來，畢竟穆傾瑤根本就不是親生的。

沈家已經開始懷疑穆傾瑤的身分了，沈母總是提到，沈父煩不勝煩，最後只能跟穆父說。

果然，謊言說出，就只能再不停地製造謊言去自圓其說。

現在讓穆父面臨了巨大的難題。

沈母對許昕朵感興趣，但是，許昕朵那邊就和銅牆鐵壁似的，他又和穆母離婚了。

再把許昕朵推過去給沈家當兒媳婦肯定沒那麼容易。

老婆和他離婚、親兒子完全不理他、親女兒根本不想認他、親家非要讓他出一份親自鑑定書。

這些事情聚在一起，都夠讓他焦頭爛額的。身體靠在沙發上覺得太陽穴突突直跳，生活簡直掉入了最低谷，狼狽至極。

血壓似乎又上來了。

♫

週一，午休時間，許昕朵低頭研究穆傾亦和邵清和的筆記，綜合兩個人的筆記，總結重點。她這麼認真，是為了能總結出精華，給童延看。

這個時候婁栩拿來平板電腦放在許昕朵的面前，說道：「朵朵，來，幫我破個記錄。」

螢幕上是一款下落式觸碰音樂節奏的遊戲，名叫《跳動的節奏》。

在婁栩看來，許昕朵彈鋼琴那麼厲害，玩這種遊戲也一定十分厲害。

許昕朵看了看遊戲，嘗試著點幾下螢幕，突然驚呼：「怎麼還轉彎啊？」

婁栩伸手完成這個操作，介紹道：「這裡需要妳的手指一直按著，兩個按鍵上移動，到光束結束後鬆開。」

許昕朵看著螢幕錯愕了一下，手忙腳亂地繼續嘗試，結果很快就結束了這局——Game over。

「妳沒玩過這個遊戲啊？」婁栩說著想要拿走平板電腦。

許昕朵不信邪，推走婁栩的手說道：「今天我肯定把記錄破了。」

許昕朵說完，開始再次嘗試。

許昕朵上手挺快的，開局就是高難度的歌曲，不過分數一直沒有破紀錄，只是能堅持完一首歌。

這個時候童延拎著烏龍茶進來，放在許昕朵桌面上，看到她玩遊戲後伸手拿來平板電腦說道：「玩遊戲妳還是不如我。」

「不可能，以前的曲子都是我比你先彈出來。」

「這個和鋼琴不一樣。」

邵清和坐在旁邊，突然提問：「以前？你們以前曾經一起練琴嗎？」

許昕朵和童延同時噤聲，這種事情，真的是防不勝防。

許昕朵只能拿回平板電腦，故作淡定地說道：「我們確實經常一起練琴。」

沒說以前，也可以是最近的事情，邵清和也沒再問了。

童延覺得他只要和許昕朵在一起，處處露馬腳，不得不走回自己的座位坐下。

月考結束後，位子又換了，童延身旁的一側是走道，一側是李辛檸，煩得他不願意在教室裡多留。

他坐下後把咖啡放在桌面上，還沒拿出書來看，李辛檸就偷偷拽他的衣角，小聲說：「延哥，你吃不吃洋芋片？」

童延一瞬間額頭青筋都暴起了。他在國際班的時候沒有隔壁桌，為了許昕朵來了火箭班，火箭班還有這種古怪的規矩，他不得不遵從，有隔壁桌他也忍了。

之前他坐在角落，隔壁桌有點怕他，兩個人幾乎零交流，他還覺得挺好的。

這次換了座位後童延真的是難受到不行。

童延突然挪動兩個人的桌子，接著從自己的包裡拿出網球拍，夾在桌子中間之後又將桌子合併上。怕球拍柄掉下去，他還特地轉動椅子，椅背隔在和李辛檸的中間，椅背上掛書包用的鉤子搭著球拍柄。

隔離，分隔線！

童延煩躁得不行，一邊做這些一邊嘟囔：「我發現妳才是最聽不懂人話的，跟妳說了幾百遍了，別跟我說話，別跟我說話。妳的聲音跟人妖似的，我聽了渾身雞皮疙瘩都起來了，煩死我了，能不能閉嘴！」

被童延這麼公開嗆，讓李辛檸的鼻子都酸了，眼眶微紅。

當初童延和許昕朵就是隔壁桌發展起來的關係啊，現在關係那麼好，為什麼他們就不行，她哪裡做得不對嗎？她比許昕朵的厭世臉可愛多了啊！

童延絕對是李辛檸綠茶生涯的第一個坎。這位實在是……太難攻略了。

軟的不行，硬的更不行，真要硬氣起來了這位肯定一點就炸。總煩著他不行，冷處理不理他，他反而開心起來了。

童延這個狀態彷彿心裡住著一個人，其他女人都是墳。

偶爾哪個墳裡冒了煙，擾了他的清靜，他也只會厭煩地看一看這個墳頭到底在搞什麼鬼。

童延這舉動做完，火箭班不少人都朝他們這邊看過來，甚至有人低笑出聲。

就算這個班級的歸屬感不強，但是很多人都相處了一年半了，知道李辛檸是什麼樣的人。看到八面玲瓏的李辛檸終於翻車的時候，也開始幸災樂禍起來。

顧爵回頭看了他們一眼，輕笑一聲，轉過身繼續低頭看書。

李辛檸漲紅了一張臉，小聲嘟囔：「你愛吃不吃。」

說完，賭氣似的自顧自吃起來，薄脆的洋芋片咬碎的酥軟聲時不時傳過來。

童延煩到不行，坐下之後拿出手機看訊息，正跟魏嵐聊天的時候，許昕朵拿著筆記本走過來，放在童延的桌面上：「這個是我整理的筆記。」

童延拿過來看了看，見許昕朵要走，立即拉住她的手腕：「妳要大致講一講吧？」

「都寫得很清楚了，看一看就能懂。」

童延依舊不願意讓許昕朵走，站起身，讓許昕朵坐在自己的椅子上。

許昕朵看到童延的椅子擺放還挺驚訝的，愣了一瞬間後坐下。

接著看到童延蹲在桌子旁，雙手扒著桌沿，可憐兮兮地說道：「難得來找我一次，就不能講一講嗎？我來這個班都被孤立了，也沒人跟我說話，唉。」

童延說完，坐在童延周圍的學生全都震驚了，這句話說得……太假了吧？昧不昧良心？

尤其是李辛檸，和童延說一句話他就煩，扭頭就跟許昕朵這麼說？

什麼叫雙標？這就是雙標了吧？

許昕朵翻開筆記，問道：「哪個重點你覺得掌握得不好？」

「都不太好。」

「那你覺得哪裡不可能失分？」

童延拿起筆記本看了一眼，隨後回答：「數學啊，我數學基本不怎麼失分。」

「那我講什麼？」

「隨便講兩句？」

許昕朵無奈地翻開筆記，挪了一個位置對童延說道：「我和我哥研究過了，這個地方都是必考的，而且題型多變，我在後面整理幾個往年的經典例題，你可以看看能不能答出來。」

「嗯，好。」

許昕朵今天沒有工作安排，留在學校裡上晚自習，等到晚自習結束後會坐車回家住。

她是學校特別批准的，門口的保全都認識許昕朵，每次都會專門幫她開門。

這一天她照常離開學校，結果走到半路就收到魏嵐的訊息：『朵爺，延哥突然和沈築杭打起來了。』

魏嵐：『在火箭班打架會被趕出火箭班。』

許昕朵看到訊息嚇了一跳，讓德雨趕緊回學校，到童延上次告訴她的地方從牆外跳進去。

這次跳得有點著急，跳下來的時候總覺得腳踝有點不舒服，走了兩步又不耽誤走路，便按照魏嵐傳的位置走了過去。

下了晚自習的學校異常安靜，學生們大多聚集在寢室和學生餐廳附近，學校後方一片寂靜，猶如冬眠的熊洞。她奔跑時能夠聽到自己的喘息聲，以及寒風中外套擺動的獵獵聲響。

位置定位的是學校多媒體大樓的外部樓梯，外部樓梯是為了搬運東西方便留下的，後來大部分時間處於荒廢狀態。牆體和樓梯經歷風吹日曬，牆體斑駁，藤蔓囂張地四處蔓延。樓梯偶爾有值日生清掃，樓梯間總有菸頭燙過的痕跡，成了學生們聚集的監視器死角。

此時，他們幾個在樓梯二樓轉角處。

許昕朵過去的時候，那邊沒有繼續打了，童延坐在半人高的牆壁上，魏嵐和蘇威靠著牆壁站在不遠處。

他們的對面坐著沈築杭，盤腿坐在地面上，垂頭喪氣。

說真的，童延他們給人的感覺就像三個不良學生，這樣的架勢聚在一起，沈築杭才是那個被欺負的。

許昕朵走到童延對面，問他：「怎麼突然打架？」

童延委屈地回答：「我沒想打架，正在自動販賣機買水，這傢伙上來就給我一拳。」

許昕朵拿出手機照明，手機的手電筒光亮有點刺眼，童延只能瞇起眼睛。許昕朵看到童延的嘴角有青紫的痕跡，她的心跟著顫了一下。

許昕朵問問題的時候，喉嚨收緊，聲音十分不自然：「還傷到哪裡了？」

童延抬起手來給她看：「手臂這裡，我下意識抬起手臂擋了一下，接著就揍他了，他根本打不過我。」

童延是從小就練過的，身手矯捷，如果不是突然襲擊沒有任何防備，童延完全不會受傷。

許昕朵氣得咬牙切齒的，走過去問沈築杭：「你為什麼突然打人？」

沈築杭抬起頭來看了看氣勢洶洶的許昕朵，猶豫片刻後回答：「穆傾瑤說李辛檸被他氣哭了，我氣不過……」

許昕朵一瞬間氣到不行，抬腳朝沈築杭踹了一腳：「你他媽是不是傻？每次都被女生利用，你就是一個戀愛腦的傻子！」

聽到許昕朵罵人，四個男生震驚了。

許昕朵氣到不行，她那麼喜歡的男生，寶貝得恨不得護在懷裡，竟然被這個傻子打了兩拳，不生氣才怪，尤其還是這種愚蠢的理由。

沈築杭突然被踹，下意識地擋了一下，下一個舉動就是想要握住許昕朵的腳踝。結果手腕被跟過來的童延一腳踩在牆壁上，讓他根本沒辦法出手。

魏嵐忍不住小聲嘟囔：「打架夫妻檔啊，配合真默契。」

蘇威跟著「嘿嘿嘿」地笑。

許昕朵推開童延，讓童延暫時放開沈築杭，接著蹲在沈築杭斜前方，低聲說道：「李辛檸並不喜歡你，她甚至不如你的未婚妻。還有，這件事是你的未婚妻想要借題發揮，看似告訴你李辛檸被欺負了，其實是想要挑起你和李辛檸之間的關係問題，讓你知道她其實很婊，順帶讓你再次招惹童延，挨頓揍。」

「你知道個屁！李辛檸就是一個小傻瓜，以前喜歡過童延，心裡放不下而已。其實她是喜歡我的，只是太心軟了，左右為難。」

許昕朵看著沈築杭有點無奈，問他：「你知道什麼是綠茶嗎？李辛檸並不喜歡你，她靠近你只是因為討厭穆傾瑤，利用你來報復穆傾瑤。」

「是不是真的喜歡我，我能分辨不出來嗎？妳不用挑撥離間，妳自己也沒好多少，比誰都心機。」

許昕朵嘆氣，隨後回頭問魏嵐：「你有李辛檸的好友嗎？」

「好像有，一直沒刪。」魏嵐說著拿出手機，找到李辛檸的帳號後把手機給許昕朵。

許昕朵模仿魏嵐的語氣和李辛檸說話。

魏嵐：『怎麼回事啊？沈築杭突然發瘋找童哥麻煩，我剛剛離開學校，在回家路上，有點被氣到了。』

李辛檸很快回覆了：『對不起，我不想的。』

魏嵐：『他是妳男朋友嗎？』

李辛檸：『不是的，只是關係不錯的朋友。』

魏嵐：『我本來以為妳回火箭班能安慰安慰延哥呢，結果妳還給延哥這邊雪上加霜。』

李辛檸：『延哥怎麼了？』

魏嵐：『追朵爺沒追到，朵爺都不太理延哥了，全是延哥一腔情願。』

李辛檸：『那個許昕朵憑什麼這麼對延哥啊？』

魏嵐：『說是不想談戀愛，吊著。妳對延哥到底是怎麼想的，還喜歡延哥？』

李辛檸：『嗯，對啊，一直都喜歡他。』

魏嵐：『沒變過？那和沈築杭呢？』

李辛檸：『沒變過啊，我公開喜歡過的男生一直都只有延哥一個，我和沈築杭只是普通朋友。我也不知道他是怎麼想的，突然找延哥麻煩。哎呀，我要不要去跟延哥道歉啊？』

許昕朵看完李辛檸的回覆後，給沈築杭看這些訊息。

沈築杭看到訊息後表情變了變，隨後低聲說道：「她……可能是覺得……我和穆傾瑤有婚約，我們的關係不能公開，才這麼說的。」

許昕朵問道：「那你要不要看看李辛檸本人出來是什麼樣子？」

沈築杭盯著許昕朵，半晌沒說話。

許昕朵用魏嵐的手機跟李辛檸說，童延一個人在多媒體大樓這邊生悶氣，她過來說不定能見到童延。

童延不情不願地走下樓，一個人站在樓下玩手機。許昕朵和魏嵐、蘇威幾個人在樓梯間的矮牆後面蹲著，沈築杭依舊盤腿坐在原處，表情有點不自然。

不到十分鐘，李辛檸出現在附近，他們的位置在童延的正上方，周圍沒有其他人，能夠依稀聽到兩個人的說話聲。

李辛檸委屈地跟童延道歉：「延哥，對不起，我不知道沈築杭會跟你動手，我不想這樣的……對不起……」

後半段居然哽咽起來。

童延冷聲問道：「看不出來啊，妳和沈築杭還有一腿？」

李辛檸趕緊解釋：「不是的！他追我我沒同意，你也知道的，他和穆傾瑤有婚約，雖然穆傾瑤人不太好，我也不能攪亂他們的感情啊。我很早就拒絕過沈築杭了，是他一直纏著我，我也很煩。」

「哦，這樣啊。」童延含糊地回答。

「嗯，真的對不起，你沒傷到吧，我看看……」

「別碰我。」

許昕朵蹲在沈築杭身邊，小聲問他：「你不下去罵？」

沈築杭沒動，坐在原處傻乎乎地盯著地面，聽著兩個人說話，接著開始掉眼淚。豆大的淚珠奪眶而出，微微低著頭，眼淚全部都掉在自己的衣襟上，也不擦，就是那麼木訥地聽著。

這時李辛檸已經開始說許昕朵的壞話了：「我聽說，許昕朵一開始去國際班是為了沈築杭去的，沈築杭沒理，後來就攀上你了，真是過分。她怎麼那麼朝三暮四啊，不像我，從始至終都只喜歡過你一個人，我長這麼大，最喜歡的人就是你了。」

童延好笑地問：「沒喜歡過別人？」

「沒有！」

沈築杭微微蹙眉，卻依舊什麼都沒有做，只是拿出手機，遲疑半晌後，才萬分不捨地刪了李辛檸的好友。

童延一直不太想理李辛檸，他特別討厭拒絕過還死纏爛打的女生，快要形成生理厭惡了。

這個時候還要他配合演出，難受得連頭髮都在抗議。

他的腦袋裡甚至盤旋著一個詞：逼良為娼。

為了讓沈築杭醒悟，他真的付出了太多。

最後他還是把李辛檸趕走了，說想自己一個人靜靜。等李辛檸走了之後，他才慢悠悠地走上來，看到沈築杭在哭，沒忍住笑出聲來。

沈築杭瞪了童延一眼。

「你還好意思瞪人？」童延沒好氣地問。

許昕朵起身活動一下身體，接著對沈築杭說道：「現在你也看到了，李辛檸不喜歡你，並且遍地撒網，你只是其中一條魚。」

沈築杭不再反駁，只是沉默地低著頭，好在他也不哭了，應該是想在「情敵」童延面前留個面子。

許昕朵繼續說：「而且，穆傾瑤是故意激起你和童延之間的矛盾。她的目的有兩個，一個是讓你看清李辛檸的真面目，一個是讓童延收拾你一頓，一箭雙雕。肯定是你和李辛檸在一起刺激到她了吧？」

魏嵐聽許昕朵分析，忍不住嘟囔：「這個穆傾瑤有點心機啊，本來還覺得她很蠢呢。」

許昕朵跟著點頭：「上一次打賭的事情就是，讓沈築杭心甘情願地揹鍋，說是他和甄龍濤之間的事情，穆傾瑤完全置身事外。這次也是，如果被他質問了，她也有理由，童延真的不太喜歡李辛檸，搞得李辛檸很沒面子。不過……都是李辛檸倒貼不成自找不痛快。」

沈築杭在一旁聽著，之前執迷不悟，現在被點醒了，聽著他們說完後完全懂了。

從許昕朵到了穆家後，穆傾瑤就一直在對他灌輸這件事情，讓他覺得穆家全家都很過分。許昕朵這個養女來的也很不地道，穆傾瑤被人欺負了，簡直就是個小可憐。

那個時候沈築杭覺得穆傾瑤是自己的未婚妻，要護著。

之前李辛檸點醒他，讓他知道他只是被利用了，他遠離穆傾瑤一陣子，現在看來穆傾瑤不準備放過他。穆傾瑤知道他的性格特點，今天這件事也是穆傾瑤故意煽動的。

「妳到底是不是穆家親生的？」沈築杭突然問許昕朵這個問題。

許昕朵被問得措手不及，遲疑片刻後嘆氣：「不是吧。」

「吧？」

許昕朵說了肯定句：「嗯，不是親生的，我和他們家沒有關係。」

沈築杭看著許昕朵蹙眉，明明許昕朵已經否認了，卻還是猜到了，繼續問：「穆家真的能幹出這麼畜生的事情來？就因為一個婚約？」

許昕朵無所謂地嘆氣：「誰知道呢……」

「我會和穆家退婚的。」

許昕朵笑了：「我還挺想要你和穆傾瑤百年好合的。」

沈築杭自然知道許昕朵的意思，婊子配狗天長地久。

他知道自己是一個挺混蛋的人，也不否認，只是繼續說：「這兩個女的我都會躲得遠遠的，我承認我笨，我滾遠一點，以後也會找一個同樣笨的女朋友。」

許昕朵還記得沈築杭打過穆傾瑤一巴掌的事情，忍不住嗆道：「你可別禍害別的女生了，想想怪可憐的。」

沈築杭看著許昕朵嘲諷的模樣，冷笑一聲：「妳知不知道我媽看上妳了？她總覺得尹嫿都能看上的人，定有過人之處，想要換婚約對象。妳覺得別人可憐，要不然妳換到我身邊來？」

許昕朵聽到這句話立即憤怒起來。

童延比許昕朵更快，伸手鉗住沈築杭的下巴，眼神兇惡，聲音從後槽牙間擠出來：「你妄想什麼呢？」

沈築杭此時心灰意冷，反而挺想被揍一頓的，說不定就能忘記心裡的疼了。

他苦笑著看著面前的兩個人，突然羨慕互相護著，就算不賴在一起也有著默契的關係。

他看向許昕朵，問道：「我要怎麼才能還擊呢？」

許昕朵冷著語氣問：「還擊誰？」

「她們兩個。」

魏嵐聽不下去，覺得沈築杭沒救，在一旁說道：「很難嗎？你去跟李辛檸說，是穆傾瑤唆使你來揍童延的。再去穆傾瑤那邊繼續維護李辛檸，表現出你深愛李辛檸，她們兩個人自己就會打起來了。然後呢，你就安安分分地找你的笨女孩，網裡兜著她們，網外是你撲騰的浪花，周圍是撒了歡遊著的小笨魚，生活多美好啊。」

沈築杭的眼神有了鬆動，似乎被說動了。

接著魏嵐再次開口：「不過勸你別惦記我們朵爺，不然啊，有人會把你的網收了，讓你生活不下去。」

沈築杭看了看童延，隨後點了點頭。

童延鬆開沈築杭，覺得晦氣地甩了甩手，攬著許昕朵的肩膀朝樓下走。

魏嵐和蘇威本來就不住校，今天是魏嵐和新學妹聊開心了，一直在自動販賣機這裡沒走，蘇威在旁邊陪著他，剛好遇到這件事。

而且啊，童延和沈築杭也沒怎麼打起來，魏嵐看著沈築杭被童延拎小雞一樣地拎出去，趕緊傳訊息給許昕朵，故意誇張的說。

看到童延和許昕朵結伴去男宿舍，魏嵐壞笑著拉著蘇威往外走，怕沈築杭搗亂把沈築杭也拽走了。魏嵐在心裡暗笑，哥們，我只能幫你到這裡了。

♫

許昕朵去童延的寢室已經輕車熟路了。

她進去後從包裡拿出藥膏，擰開蓋子用手指蘸了點，湊過去幫童延塗藥。

童延配合地俯下身，嘴角上完藥，童延又把手臂露出來讓她幫忙塗藥。

「疼不疼？」許昕朵看著他問。

「疼啊！妳多幫我揉揉。」童延本來沒當一回事，小磕小碰，完全不用在乎。

許昕朵幫他揉了揉，這樣能活血化瘀。

隨後她坐下身，脫掉鞋子看自己的腳踝，沒有什麼問題，只是稍微有點不舒服。

童延注意到她的舉動後問：「妳的腳怎麼了？扭到了？」

「也不算，是跳牆的時候著急了，拐了一下。」

童延握住她的腳幫她活動一下腳踝，輕聲問：「疼不疼？」

「稍微有點疼的感覺，沒什麼大事。」

「腳都這樣了，今天就不走了吧，在我這裡住，我也不放心妳自己跳出去。」童延對這件事情格外執著。

「不用。」許昕朵立即套上襪子，拒絕得毅然決然。

「妳就這麼怕我？怕我把妳吃了？」

「我也怕我自己，我看到你就控制不住。」

「我不就在這裡，妳控制什麼？」

許昕朵抬頭看了看童延，隨後伸手拍了拍童延的衣服，好像他衣服上蹭了什麼髒東西。

童延低頭看，衣服上什麼都沒有。

許昕朵還是嫌棄地拍了半天，隨後不高興地說道：「煩死了，和李辛檸聊了那麼久。」

「哦……吃醋了？」童延笑著揚眉。

「對，吃醋！」許昕朵坦然承認了，隨後在童延沒塗藥的嘴角親了一下，「你是我的。」

童延被親得都要飄了，湊過去抱住許昕朵不鬆手，頭埋在許昕朵的頸窩間，就像一隻撒嬌的大狗狗。

許昕朵還是狠心將他推開：「別勾引我了，我受不了，我走了。」

「妳的破合約煩死了，我們就不能偷偷的，不被發現不就行了？」

「我是有良心的人。」許昕朵指了指自己的心口，「再說了，是你說要追我的，好好追，別半途而廢。」

「行，我繼續追。」

許昕朵最後還是在童延陪同下離開了學校。

許昕朵的腳踝不舒服，童延先抱著許昕朵的腿把她舉上去，接著自己跳上牆頭後跳下去，在下面接著許昕朵。

等許昕朵安全落地，童延看著許昕朵上了車才跳牆回去。

許昕朵扣安全帶的時候，德雨說道：「剛才妳著急，我都沒來得及說，穆老闆之前聯繫我，想要穆夫人的住處地址，我含糊地說我沒去過，搪塞過去了。他還想聯繫妳幫個忙，妳看看怎麼辦？」

許昕朵聽到後先跟德雨道謝：「謝謝妳沒告訴他。」

「我也知道我在為誰工作啊，他沒給過幾天薪水。一千塊錢就想讓我告訴他，汙辱誰呢？」

「他想要我幫什麼忙？」

「他沒告訴我，只是讓我把妳的聯絡帳號傳給他。」

「我不想跟他有聯繫，我給妳一倍的錢，不要理他。」

「嘿嘿，妳不給我也不會理他，做人要講義氣。妳要是看他不爽跟我說，我聯繫幾十號兄弟把他套布袋，別小看姐，姐也是混過的。」

許昕朵被德雨逗得哈哈大笑，諸多不快很快就忘記了。

♫

許昕朵最終還是見到穆父了，因為穆父直接來學校找她。

老師叫她到辦公室的時候還以為是課業上的事情，看到穆父後臉色一沉。

許昕朵坐下之後有點不耐煩，覺得和穆父說話很煩。

穆父的態度還挺好的，笑呵呵地問她最近過得好不好，她只是含糊地回答。

等老師出去後，穆父才說了他過來的目的：「妳能不能提供給我一份帶著毛囊的頭髮，幾根就可以。」

許昕朵瞬間猜到了穆父的用意：「要做親子鑑定？」

「嗯，對。」穆父也不隱瞞。

「不是做過嗎？」

「上一份寫的是妳的名字。」

「哦……這次要寫穆傾瑤的名字？」

穆父尷尬地笑了笑，說道：「妳就當幫幫忙，好不好？」

第二十七章　親子鑑定書

許昕朵坐在辦公室的沙發上，手指在沙發的木質扶手上畫著圈，留下接觸過的痕跡。她垂著眼瞼稍作思量後微笑著說道：「可以啊！」

穆父沒想到許昕朵會這麼快答應，不由得一喜，隨後許昕朵再次開口：「不過，我可以提一個條件嗎？」

「什麼條件。」

「我可以提供給你做親自鑑定需要的所有東西，只是需要你跟我簽一份協議。」

穆父不由得一愣，詫異地問：「什麼協議？」

「協議還需要擬定，總之就是一份證明，證明我跟你沒有血緣關係，我們之間沒有任何瓜葛。以後你不得糾纏我，不能打擾我的生活，我們之後就是兩個陌生人。」

其實許昕朵目前也不知道這種協議有沒有法律效益，這件事情最後還是要跟尹嫿求助，需要尹嫿幫忙找律師出一份協議。

她的想法是用這個協議，就此和穆父劃清界限。

在她看來，幫這個忙是可以的。她已經不想和穆家有什麼關係了，而且，穆父要親子鑑定也只是想要平息那些輿論，穩住和沈家的婚約。

這對許昕朵來說是好事，畢竟如果想把沈築杭強塞給她，她也不願意。

還不如讓沈築杭和穆傾瑤的婚約穩穩的，她能少一些破事，日子也能清淨一些。

穆父則是有些猶豫。他目前的確迫切地想要和沈家維持關係，他有一個專案需要沈家幫忙，沈家那邊答應得好好的，結果老是拖延。一到簽合約的時候不是這裡做的不對了，就是說在審批，遲遲不肯簽字。

穆父也知道，沈家在等他的親子鑑定，所以以此威脅。

穆父被氣得牙癢癢，卻不得不妥協，答應這件事情。

決定找人替代驗證DNA後，穆父沒有找穆傾亦。穆父也不想要穆傾亦對他越來越失望，而且，他怕鑑定書能夠分辨出性別，還不如直接找許昕朵。

在他看來，許昕朵一個人在外面住，還在打工，童家也沒給她什麼，肯定需要錢。他過來答應給許昕朵一筆錢，許昕朵說不定就會樂呵呵地幫忙了。

但是這個要求真的是讓穆父措手不及。

穆父在心中做抉擇。他知道沈母喜歡許昕朵，但是許昕朵顯然不願意接受他，人也不受控制，且沒有穆傾瑤聽話。不如繼續維持沈築杬和穆傾瑤的婚約，這樣也能安穩一些。

再思考沒有許昕朵的損失，恐怕也沒什麼，一個野丫頭而已，童家小子已經玩膩了。過陣子也只是一個小模特兒，能不能長遠都不一定。

如果許昕朵不嫁個有錢人，這輩子算是一點用都沒有。

先穩住這個案子再說。

穆父做出決定後回答：「可以，我答應妳。」

「這樣啊，我找人幫我寫一份協議，之後再配合你。」

穆父想趕緊完事，哪裡還能再拖，他有些著急，起身想要留住許昕朵。

許昕朵像在躲病毒一樣起身後退，一瞬間跑開老遠，對穆父冷冰冰地說：「我會讓律師聯繫你的。」

「律師？」穆父錯愕。

「對。」許昕朵說完，轉身離開辦公室。

穆父還想繼續問問，快步追到辦公室門口，結果許昕朵早就離開了。

下午果然有律師聯繫穆父，給了他一堆文件讓他簽，他出於謹慎都看了，都是關於許昕朵撫養權轉讓的。

穆父看完文件，遲疑著問：「你們是誰的人？」

律師也不回答，只是優雅地讓穆父先簽字。

穆父不得不簽字，簽字後律師遞出許昕朵提前準備好的，帶有毛囊的頭髮，怕不夠還多拔了幾根，下手挺狠的。

穆父拿到頭髮之後鬆了一口氣，看到律師慢條斯理地將合約收起來，隨後跟穆父說道：

「從今天開始，許小姐就是童家的養女了，夫人的意思是為了不影響兩個孩子的婚事，許小姐會掛名在親屬的名下。」

穆父的表情一瞬間垮了：「不影響婚事？」

「對，我們夫人喜歡送禮物給孩子，過完年就到處去奔波了，說想選個島，寫兩個孩子的名字，作為他們十八歲的生日禮物。為了這份禮物，現在已經動工出建築的設計圖了，也是非常用心了。」

穆父覺得這些簡直就是天方夜譚，僵著臉，好像打了玻尿酸似的，問問題的時候嘴唇的形狀不太自然：「許昕朵和童延嗎？許昕朵這樣沒有背景的女孩子，能嫁到童家去？」

「夫人喜歡。」

「童總能同意？」

「童總很愛夫人。」

穆父就像被雷劈了一樣，他素來聽說這對夫妻關係不和，現在卻說童瑜凱愛尹嫿？尹嫿喜歡，童瑜凱就能不管許昕朵什麼身分背景，讓許昕朵做他們家的兒媳婦？

他覺得這個律師在逗他玩，怎麼可能？

然而這個律師能夠出現在這裡，就能夠說明童家真的願意為了許昕朵出動律師。

在穆父呆愣的時候，律師依舊得體地微笑，他看起來四十多歲，頭髮短短的，整理得一絲不苟。微笑的時候臉上有些皮膚鬆弛的褶皺，卻不影響這個人的氣質。

身上的西裝可以看出來是高級訂製的，熨燙得沒有一絲褶皺，領口的鈕釦扣到最後一顆，透著嚴謹與一板一眼。

處事和著裝，透漏著這個人恐怕也是部門長官級別，而非一位愣頭青。

隨後律師說道：「穆先生，您已經簽署了協議，跟許小姐沒有什麼關係了。之後如果真的有所糾纏，那麼難免會招惹童先生，童先生很討厭麻煩，所以會做出什麼，我們也不知道。」

律師故意提起尹嫿喜歡許昕朵，童瑜凱也會同意的這件事情的。

為的是讓穆父此時就知道會發生的事情，不要妄想糾纏，童瑜凱可不是善類。

穆父跟著乾笑，聲音微微發顫地問道：「給我幾根頭髮，就這麼徹底斷絕關係，讓我的孩子嫁到童家去？」

律師覺得非常疑惑：「您這話是什麼意思？您與許小姐沒有任何關係。還是說您想討到什麼？覺得許小姐嫁過來，應該給你點什麼交換？您是把許小姐視為物品嗎？」

穆父如同遭遇雷擊，這一席話直擊他心中不堪的一面。

在穆父的心裡，被童延漸漸厭棄的許昕朵，和會嫁到童家去的許昕朵價值完全不一樣。

如果是前者，穆父覺得捨棄了無所謂，能穩住沈家就可以。

如果是後者，那麼他便是放棄了一座金山，得了一塊紅磚。

現在金山不給他，幾根頭髮就打發了，胸腔之中血氣翻湧，竟然有種呼吸困難，血壓增高的感覺。腦袋突然一痛，耳朵一陣鳴響，好似腦中鐘鳴。

上午還覺得不值一提的許昕朵，轉瞬間就變得高不可攀起來。

開什麼玩笑？不是說童延和許昕朵關係已經不好了嗎？穆傾瑤在說謊？

律師不會和穆父一直聊下去，做完警告後就拿著合約離開了。穆父想要追回律師，撕毀剛才的合約，又注意到律師身邊還帶了助手，他搶不過來。

他也不想就此招惹童瑜凱。

穆父魂不守舍地回到家裡，坐在家裡等待穆傾瑤放學。

穆傾瑤最近都住校，穆父過年後忙得焦頭爛額的，對孩子的事情並不關心，忘記住校的事情，還當穆傾瑤夜不歸宿，更加氣到不行。

問了家中的傭人，才知道兄妹兩個人都在住校。

他忍住脾氣，一直等到穆傾瑤週五放學。

回到家裡的只有穆傾瑤一個人，穆父沉著臉問：「小亦呢？」

「他去媽媽那裡了吧。」

「妳還不知道媽媽住在哪裡？」

「嗯，媽媽一直沒有聯繫過我。」

穆父本來就有氣，穆傾亦還乾脆不回家了，完全是要跟著穆母一起生活的架勢，又增加了穆父的憤怒。

穆父看向穆傾瑤。他們家裡會鬧成這樣，全都是穆傾瑤的外婆搞的鬼，現在他離婚，妻離子散，還不都是因為穆傾瑤？

之前他已經夠維護穆傾瑤了，為了保留她的身分才會將事情變得這麼糟糕。一個本該是鄉下長大的丫頭，卻在他們家生活了十七年，還有一個體面的婚約，她怎麼還能這麼做？

這個穆傾瑤還說謊，說童延和許昕朵的關係不好了，讓他誤會，不然他哪裡會那麼容易就簽合約？

想到這裡，穆父抬手給了穆傾瑤一巴掌：「妳媽媽都知道妳是一個白眼狼了，所以不肯聯繫妳。她那種性格都能厭棄妳，妳是不是應該自我檢討一下？」

穆傾瑤被打得措手不及，她剛走進家裡，書包還沒放下，突然被打了一巴掌，讓她錯愕不已。

穆傾瑤捂著臉回答：「媽媽是知道我和你的關係更好一些，如果告訴我了，我一定會告訴你，她是在防著你吧？」

這更加惹怒穆父，使得穆父面目猙獰地扯著穆傾瑤的頭髮拽著她走進去，接著把她的頭往茶几上撞：「妳這個狗娘養的東西，還敢頂嘴了是不是？你們家的根是劣質的，果然就算不是他們養大的，人也是劣等的。」

穆傾瑤努力掙扎，指甲抓破穆父的手臂。穆父看了手臂上的傷口一眼，鬆開穆傾瑤的頭髮，一腳將她踹出老遠。穆傾瑤倒在地板上，還沒回過神，就看到穆父走到她的身邊，抬腳狠狠地踹她，一腳接著一腳，恨不得直接把她踢死。

穆父越來越不正常了，從公司的情況越來越糟糕後，脾氣就不太穩定了。在和穆母離婚後，穆父直接進入暴走的狀態。

這是穆傾瑤第一次被打，被打得渾身疼痛，她戰慄著求饒，哭得梨花帶雨，但是穆父完全不聽，還「賠錢貨」、「垃圾東西」、「婊子」的罵，嘴髒得讓穆傾瑤震驚。

就像一個瘋子。

♫

沈家拿到了親子鑑定。

穆父得到了許昕朵的頭髮，自然很快做了親自鑑定，不能西瓜丟了，連芝麻也不要了。

沈築杭得知家裡拿到了親子鑑定，告訴他們先別著急簽合約，他回去有事要說。沈家為了顯得不是在等親子鑑定才拖延簽約，過幾天簽也比較自然，所以就這麼做了。

週末，沈築杭將另外一份鑑定書丟到桌面上說道：「我在穆傾瑤睡著後拔了她的頭髮，這個是鑑定書。你們可以對比兩本鑑定書看看，數值一樣嗎？」

沈父聽完沈築杭的話，整個人呆住了。

雖然之前就有多方猜測，但是沈父一直否認，心中總覺得這種事情非常扯。

結果，沈築杭突然甩出證據，讓沈父震驚萬分。

沈父看著面前兩份鑑定書不由得蹙眉，伸手要去拿鑑定書的時候，沈母已經先一步將鑑定書拿走了，認真地對照數值。

兩份鑑定書中，穆傾瑤的數值完全不同，就算是外行人都能看出來沈築杭做的這份鑑定書裡的女孩，不可能是穆父的孩子。

沈母看完之後大怒，問道：「穆家居然能做出這樣的事情來？」

沈父看到沈母的態度就能猜到了，也不死心地拿起來看了看，隨後問沈築杭：「這份鑑定書是真的？這種事情可不能拿來胡鬧。」

沈築杭是鐵了心要跟穆傾瑤解除婚約，他現在連手機裡有穆傾瑤的聯繫方式都覺得噁心，總覺得這種蛇蠍心腸，喜歡利用人，鳩占鵲巢的無賴，真的無法容忍。

他點了點頭，回答道：「其實明眼人都能看出來，穆傾亦和許昕朵長得幾乎是同一個模子刻出來的，穆傾瑤和穆家人的身高都不合適。穆夫人的身高都有一百六十多，女兒怎麼可能只有一百五十七公分？不覺得很牽強嗎？」

沈母信了，氣得簡直要瘋了，高聲罵起來：「穆家把我們當傻子耍嗎？找來一個醜八怪做我們沈家兒媳婦，好看的送到童家去？想的可真好。」

沈築杭搖了搖頭：「這些年穆傾瑤確實是在穆家長大的，許昕朵也的確是最近才和穆家有聯繫，並且她和穆家的關係非常不好，現在已經離開穆家了。所以，許昕朵可能是剛認回來的。我猜，是穆家做出這樣的決定，傷了親生女兒的心。」

沈母覺得十分不可思議，問道：「這種事情他們怎麼做得出來？怎麼能這麼對自己的親生女兒，狼心狗肺不成？」

沈築杭回答：「為了婚約啊，穆家的生意不就是靠我們家的幫助撐著？」

沈父還是覺得難以接受，總覺得相交多年的穆父不應該是這樣的人，遲疑了一下才說道：「穆文彥應該不會這麼荒唐。」

「穆叔叔離婚的事情跟您說了嗎？好像也是因為這件事情，穆夫人想要認回親女兒，穆叔叔不同意，所以兩個人離婚了。實在不行你讓媽媽打電話問問，別問穆夫人，問問她那幾個一起去美容院的朋友，就問問是不是離婚了就知道了。」

沈母立即拿出手機來打電話詢問，果然問到了消息。

對方聽說之後還挺驚訝的，說道：『天啊，妳也知道了？之前還讓我保密。不過也是，你們兩家是親家，這種事情瞞不住。唉，穆文彥苦苦糾纏，莫茵尋也是天天哭，最後還是離婚了。』

沈母立即懂了，含糊幾句之後掛斷電話。

沈母說道：「莫茵尋那種軟柿子性格都能鬧離婚，可見穆文彥有多荒唐！」

終於確定了，沈父把鑑定書往桌面上一摔：「混蛋！簡直是畜生！」

這種人怎麼可能繼續來往！

穆家和沈家這一次算是徹底鬧翻了。

沈父直接拿著鑑定書去穆父的公司，將鑑定書往桌面上一摔，說他們私下做鑑定的事情。

這讓穆父措手不及，矢口否認。

沈父表示要帶穆傾瑤和穆父一起去鑑定中心，在他們面前重新做一次鑑定。

穆父沉默了，這種事情不可能答應，因為穆傾瑤本來就不是他的親生女兒。

而且穆傾瑤被他打了，短時間內都無法出門，如果被沈父看到，傳出去他有暴力傾向，會讓他更加丟臉。

於是穆父開始道歉，承認了許昕朵才是他們的親生女兒，希望沈父理解他們。

穆父聲淚俱下地說了家裡發生的事情，得知自己的親生女兒被人換了，他們也十分難受。

他說著自己的痛苦，說著自己這段日子裡的難過，家裡的氣氛突變讓他身體都垮了。

沈父沉著臉看著穆父表演猛男落淚，隨後低聲說道：「穆文彥，這種事情我們也很同情，如果事發當時你跟我們直接說，我們也會顧及和瑤瑤多年的情誼，留下這份婚約。孩子被換了的事情，本來也不是你們的錯。但你錯就錯在隱瞞，還委屈你們的親生女兒，這種處理方法著實讓人失望。」

穆父繼續道歉，要給沈父下跪：「我也只是做了錯誤的選擇，是我一時沒想明白，我真的是有苦衷的。」

「你不必如此。」沈父將穆父扶起來，隨後說道，「你這樣選擇，只會讓我覺得你是一個利益薰心的人，凡是把利益放在第一位。你不信任我們兩家的情誼，對自己的孩子也不夠公平，傷了孩子的心，也親手斷送了我們兩家二十餘年的交情。尤其是你在我們懷疑後，還用假的鑑定書糊弄我們！」

「不不，我一直在努力處理這件事情……我……」

沈父從包裡拿出合約，當著穆父的面撕毀，接著說道：「這件事情的確讓我們寒心，這次的合約就此作罷，之前的合作在交貨之後就結束吧，我會派人進行交接。至於兩個孩子的婚約，就此結束，我也會讓築杭正式跟穆傾瑤分手。」

沈父說完，起身離開，完全不顧及穆父的狼狽挽留。

穆父十分在意的合作徹底作廢了，前期投資付諸東流，直接斷了銷售管道。

這還僅僅只是開始而已。

沈父在商業圈因為為人不錯，朋友也多，得知沈父的遭遇後，和沈父關係不錯的合作夥伴也紛紛和穆父斷了來往。

能氣到沈父解除婚約，那絕對不是一般的事情。

穆父的公司本來就已經岌岌可危，這下子算是徹底垮了。

穆父一個人坐在辦公室裡，透明玻璃牆壁的百葉窗沒有拉上，從縫隙間可以看到外面慌亂的樣子。

外面的辦公室是他的助理辦公室，一共有三個人，再走出去才是工作區域。

員工們在助理辦公室內進進出出的，三個助理陷入忙碌之中，從他們的表情和模樣就能看到他們此時的焦頭爛額。有人想要敲門進來跟穆父請示，被最年長的那位攔住了。

隨後年長的助理帶著一個年輕人出了辦公室，去跟要解約的合作商們見面，步伐很急。

穆父卻突然安靜下來，他此時的腦子很清醒。

他知道，這次的事情恐怕是無法挽回了，沈父平日裡都算是好說話，兩個人還是大學同學。這樣的關係都能決裂，可見沈父的憤怒程度。

早幾年沈母已經想要解除婚約了，她覺得穆家就是拖累，她兒子那麼好，就應該找一個最好的兒媳婦，穆傾瑤稍微普通了點，家庭背景也沒那麼好。

是沈父覺得有情誼在，加上兩個孩子的關係還挺好的，一直努力維持。

這一次的事情鬧大，沈母那個脾氣肯定會大鬧特鬧，沒到他這裡發飆是因為沈父阻攔。

這是沈父給穆父留的最後的情面。

錯誤的決定嗎？

妻離子散，公司破產，都因為一個決定？

哦……是他的確讓莫茵尋失望了，又寒了孩子的心……

他一個人狼狽地坐在即將倒閉的公司裡，拿出電話，竟然連一個能安慰他的人都沒有。

他突然開始想穆母，恍惚間記起初見她時的驚豔。

穿著黑色碎花的長裙，淺藍色的牛仔外套，長髮披肩，和朋友挽著手臂從他面前走過去，笑得那麼甜。

穆傾亦得知了家裡的消息，一個人獨自坐在多媒體大樓大廳的籐椅上。

大廳裡寂靜無聲，燈只開了幾盞，他一個人坐在燈光逐漸減少的地方，彷彿在被黑暗吞噬的交界線上。

他在猶豫，要不要將穆父的事情告訴穆母。

如果說了，媽媽一定會拿著離婚分得的錢去幫父親吧？

他想問問邵清和，可是今天邵清和的母親又鬧了，要死要活的，邵清和不得不回家。

他不知道該怎麼做，猶豫著想要打電話詢問許昕朵。許昕朵今天沒有上晚自習，此刻也不知道有沒有工作。

這件事情似乎在預料之中，然而真的來了，卻幾乎要將穆傾亦壓垮。

他性格驕傲，突如其來的變故讓他的背脊被壓得直不起來。頭微微垂著，面容淹沒在黑暗中，看不清輪廓。

身為十七歲的少年，什麼都做不了的無力感讓穆傾亦下意識地握緊拳頭。

童延拎著一個袋子，手裡還拿著一個果凍吸著，看到穆傾亦後朝著他走過來，坐在穆傾亦斜對面，問道：「沒和我姑奶奶說吧？」

「朵朵？」穆傾亦抬頭看向他問。

「嗯。」

「你知道了？」

「肯定知道，有人告訴我了，鬧得挺大。」童延毫不在意地聳肩。

穆傾亦看著童延那幸災樂禍的樣子，不由得嘆氣。這種事情在他看來是一場浩劫，再怎麼說也是自己的生父，養育自己長大的人，他陷入糾結中。

但是童延不會，童延開心死了，笑得見牙不見眼的。

如果兩個人身後有幕布，那麼穆傾亦這邊會是死氣沉沉，童延身後則是盛放著繁花，姹紫嫣紅的。

「你故意來找我的？」穆傾亦覺得自己躲得夠遠的了，這個時間還來多媒體大樓的人幾乎沒有了，童延來到這邊顯然不是意外。

童延點頭承認了：「嗯，是啊，想阻攔你一下。」

「我無法像你這樣置身事外。」

「我知道。」

「你到底是什麼意思？」穆傾亦看向童延不解地問道。

童延又吸了幾口果凍，隨後把蓋子擰上：「現在不要告訴你媽媽，讓你媽媽把錢都投資出去，產業準備得差不多了再說也不遲，讓她沒錢幫忙。說起來她也真的幸運，在得到財產後才東窗事發，你們家裡的財產也算是保留了一半，你也不至於活不下去，還算半個少爺。」

「然後呢？」

「然後你跟著你爸爸著急，試著去連絡人，讓你爸爸看到你的努力，不至於對你心灰意冷，也不會糾纏你。看到大家都在努力，他的產業卻無力回天，老婆也不理他了，讓他難受一陣子。」

「這就是你想到的方法？」

「對，折磨這老傢伙。」童延說完又忍不住笑出聲來，這些事情光想就夠讓他開心的。

童延看到穆傾亦的表情逐漸不好看了才繼續說了下去：「然後我會讓家裡收購你們家的公司，暫且經營著，等你以後有實力了，自己把你們家的公司賺回去。放心吧，只要我們家插手，公司不會倒反而會蒸蒸日上。」

穆傾亦詫異，不由得問道：「為什麼？」

「因為你是我姑奶奶的家人，因為他畢竟是我姑奶奶的親爹。我就要他歇斯底里，痛徹心扉，難受得整個人都垮了，意識到自己以前的錯，卻死不了。我給他留一線餘地，只是因為感謝他能讓我姑奶奶出生。」

童延說完站起身，指了指塑膠袋，說道：「買給你的，拿回去吧。這些年好好上學，等到畢業了有實力了，再爭取把你們家的公司弄回去，不可能白還給你的。你也不用著急，我和她不可能會分開，所以這個公司會一直都在。」

之前的事情都是穆父自己做的。

穆父就算真的破產了，穆母也會對他不離不棄。但是做了讓穆母失望的事情，就只能走到離婚這一步。

穆父一開始就坦白，沈父也會顧及舊情，不會做得這麼絕。

事情鬧到這樣，都是穆父自己造成的。

童延看了心裡痛快，勢必要讓穆父難受一陣子，接著在穆父最絕望，最崩潰的時刻給他一線生機，讓他活下去，只是因為他是許昕朵的親生父親。

父無情，子不能完全無義，不能成為和父親一樣的人。

這個決定童延幫她做，她不必參與。

穆傾亦看著童延走出去，隨後伸手拿來面前的塑膠袋。

裡面是速效救心丸和風涼油，還有兩袋牛奶糖，莫名其妙的東西。

莫名其妙的人。

事發之後，童延特地叮囑婁栩，讓她不要跟許昕朵說這穆家即將破產這件事情。婁栩雖然不明白為什麼，卻也答應了，知道童延是不想許昕朵心煩。

和許昕朵關係好的人少，除了婁栩也沒有別人了，許昕朵是在一個星期後才知道這件事。

還是以特別凶蠻的方式知道的。

突然之間，學校裡的學生都知道這件事情，論壇裡的文章開了一個又一個，童延想刪都有些控制不住，後期還有人要發展到公共論壇。

學校的APP論壇尚且能控制住，但是發展到別的地方童延就不太好控制了，後來也就不管了。

穆傾瑤不是穆傾亦的親妹妹，許昕朵才是，兩個人從小就被人調包了，這是沈築杭親口說的。沈築杭和穆傾瑤的婚約取消，穆家也破產了，這件事情很多人都知道，不可能是假的。

學校裡開始議論紛紛。

標題：『太狗血了吧？真假千金？你們的亦老公成了破產落魄戶了！』

一樓：『瘦死的駱駝比馬大，而且，只要他有那張臉我就願意養他！我愛他！他超好！』

二樓：『這件事情為什麼要扯亦亦？他也是間接的被害人，很可憐的好嗎？嗚嗚，抱走我們亦亦。』

三樓：『其他的文章也能看到穆傾亦的腦殘粉幫他洗白，但是我覺得這件事情穆傾亦洗不白，自己的親妹妹受了這樣的委屈，他完全可以直接站出來說一句話，告訴大家真相。結果穆傾亦什麼都沒有說，甚至最初還是維護穆傾瑤的。』

四樓：『許昕朵已經和穆家脫離關係了，轉去火箭班是為了節省學費，每天不上晚自習出去做兼職模特兒賺錢，突然覺得她好堅強啊。』

五樓：『同情許昕朵，但也覺得她很厲害，才來了一個半學期，她就把XX拿下了。』

六樓：『那也是許昕朵真的很優秀，值得被喜歡吧？劉雅婷那麼喜歡童延，都能對許昕朵那麼好，兩個人還成了朋友，可見許昕朵確實人不錯吧？』

七樓：『回樓上，只能說明許昕朵段位高，佩服佩服。』

八樓：『歐買尬！我的三觀彷彿被豬拱了！明明是真的千金，結果被丟到鄉下受了十幾年的苦。回來後逆風翻盤，穆家落魄，她卻越來越好，聽說還接了一個國際品牌的廣告代言，這是逆襲劇本，你們卻說她是靠心機，還攻擊她。』

十八樓：『曾經罵過許昕朵是養女，或者拜金的人，現在出來跟許昕朵道歉。』

十九樓：『我還記得穆傾瑤當初信誓旦旦地說她就是親生的，還到處跟別人嚶嚶嚶，說自己委屈。現在想想，這個穆傾瑤真噁心。』

二十樓：『沈築杭其實可以和許昕朵續婚約啊。』

二十一樓：『樓上危險發言警告。』

二十二樓：『愛上過狼的女人，怎麼會看上小泰迪？』

二十三樓：『回覆二十二樓：哈哈哈！』

火箭班裡因為許昕朵和穆傾亦在，並沒有人太過議論，卻也都偷偷觀察這兩個人。

穆傾瑤已經一個星期沒來學校了，請了病假，隨後穆家就破產了，穆傾瑤還被退婚。

很多人猜是穆傾瑤不敢來學校，只有偶爾回家一次的穆傾亦看到穆傾瑤才知道真相。

穆傾瑤被打得傷痕累累，根本沒辦法來學校，剛好這段時間事發了，穆傾瑤因此躲過很多非議。

這學期穆傾瑤非常努力，從班級裡的中上游，一點點地衝上了上游。

結果請假一段時間，還有很多事情影響，不知道假期要維持多久，或者穆父會不會要穆傾瑤轉學，也不知道課業還能不能跟上。

許昕朵一向不理會論壇，懶得理那群人，今天也頻頻拿出手機，隨後又把手機扣在桌面上。

她扭頭看向穆傾亦，看到穆傾亦淡定地上課，想要開口問，卻不知道該怎麼說。

穆傾亦注意到了，湊到她身邊小聲說：「我沒事，妳如果想知道，我們午休時間聊。」

「好。」

許昕朵做了一個深呼吸，繼續上課。

下課時，許昕朵換書的時候，劉雅婷探頭往火箭班裡看，看到許昕朵後立即叫了一聲：

「朵朵！」

許昕朵抬頭看了她一眼，接著走出教室，到了門口看著劉雅婷問：「怎麼了？」

「論壇上的事情是真的？」

「啊……嗯。」事情都鬧成這樣，也沒有必要隱瞞了，尤其是對劉雅婷。

劉雅婷聽完一瞬間紅了眼眶，哽咽著聲音問許昕朵，語氣依舊暴躁：「靠！他們怎麼能這樣啊！他們腦袋裡有洞嗎？妳那陣子多難受啊！我操他媽的，想想我就覺得心裡難受。妳現在自己生活困不困難啊？困難跟我說？」

「我現在挺好的，不在意，有童延陪我呢。」

「童延就是一個傻子，他懂什麼啊？他一點也不會照顧人。」

「他照顧得挺好的。」

「他能照顧好人，母豬都能開航空母艦。」劉雅婷繼續罵人，氣得在許昕朵的面前來回踱步，揮舞著手臂口吐芬芳。

許昕朵只能抬手盡可能地安撫劉雅婷，由於劉雅婷張牙舞爪的，拍不到劉雅婷的肩膀，就拍了拍她的頭：「妳放心吧，我真的沒事。」

劉雅婷都被氣哭了，動作粗魯地擦了擦眼淚，吸了吸鼻子：「我是來找穆傾瑤幹架的，結果她早早就請假了？」

「妳也不用幫我幹架，我真的沒事……」

「妳就是聖母，受欺負了還幫忙說話。」劉雅婷說完，探頭往教室裡看，接著指著穆傾亦問，「那個男的就是穆傾亦吧？」

「嗯……」許昕朵剛回答完，劉雅婷已經衝進火箭班了。

許昕朵覺得眼前一花，原本還在自己面前的小東西，一溜煙就不見了。

她趕緊追進教室，看到劉雅婷靈活地蹦到了穆傾亦的桌面上，動作俐落，彷彿一隻身體輕盈的小松鼠。

她伸手扯著穆傾亦的衣領氣勢洶洶地問：「你他媽的是不是傻？啊？就這麼對你的親妹妹？」

穆傾亦被這突如其來的舉動搞得錯愕不已，被扯住衣領後下意識坐直身體，並且身體往後仰想要躲開。

劉雅婷的手抓在穆傾亦的領口，被他帶著身體前傾，導致桌子不穩突然倒了。劉雅婷整個人連同桌子同時砸在穆傾亦的腿上，劉雅婷坐在穆傾瑤的腿上，桌子則是先砸腿，隨後滑落在地。

穆傾亦是一個有涵養的人，這種情況下都沒有說「我靠」，而是「唔」了一聲，還順便扶穩了劉雅婷的身體。

童延見到劉雅婷進教室，從後排走過來，看到這一幕還幸災樂禍地吹一聲口哨，接著問劉雅婷：「劉雅婷，妳是不是得不到許昕朵，就想要做她嫂子啊？」

劉雅婷被童延起鬨得老臉一紅，對童延吼：「這個狗男人算什麼哥哥！」

穆傾亦有點尷尬，倒了的桌子先不去管它，就讓它倒下。接著提著劉雅婷的腋下，將她從自己的腿上拎下去，讓她在一旁站好，並且道歉：「對不起，我確實不算一個好哥哥。」

劉雅婷站穩之後，繼續指著穆傾亦鼻子罵：「你跟我道歉有個屁用，你要跟朵朵道歉。」

穆傾亦認錯態度良好：「嗯，我會跟她認認真真地道歉的。」

「現在才想起來道歉嗎？你早幹什麼去了？啊？之前一句話就能說明的事情，你非得等到遮不住了才承認錯誤？你的嘴用來幹什麼的，吃屎的嗎？」

劉雅婷口吐芬芳的精彩程度，還有火爆的脾氣讓穆傾亦錯愕不已，竟然一時間不知道該怎麼說，他還是第一次被人這麼罵。

本來就嘴笨，不善言辭，此刻更嚴重了。

許昕朵走過來推劉雅婷，小聲解釋：「妳別生氣了，我和我哥哥已經和解了，後來是我要他們不要對外說的。」

劉雅婷十分不解：「為什麼啊？」

「因為已經不想做他們家的女兒了。」

「哦……」劉雅婷這才緩和了脾氣，卻還是瞪了穆傾亦一眼，繼續吼，「我告訴你啊，你要是敢欺負朵朵，我分分鐘打爆你的狗頭！」

許昕朵尷尬得不行，推著劉雅婷，連哄帶騙的把劉雅婷送回國際班。

婁栩過來幫穆傾亦整理桌子，同時感嘆：「哇哦，暴躁老妹的戰鬥力從來不會讓人失望。」

童延還在笑呢：「對，叫囂著投懷送抱。穆傾亦，你要不要她的帳號，我讓朵朵傳給你。」

穆傾亦連連擺手：「不必。」

童延不由得失落，他真想要劉雅婷趕緊找個男朋友，別老是纏著許昕朵，他都要煩死了。

邵清和過來幫穆傾亦整理桌子，伸手揉了揉穆傾亦的腿，問道：「腿沒事吧？」

「沒事……」

邵清和突然笑了起來，半天止不住。

穆傾亦有點難堪，小聲說：「你別笑。」

「第一次和女孩子這麼近，感覺怎麼樣？」

「沒什麼感覺，就是被罵心情不太好。」

童延跟著走出去想和許昕朵說話，結果看到劉雅婷在國際班門口墊著腳抱著許昕朵安慰，正在揉許昕朵的頭呢。

童延不爽了，站得老遠就喊：「劉雅婷，把妳的手給我放開！」

劉雅婷不管，抱著許昕朵不鬆手。

童延乾脆百米衝刺跑過去。

劉雅婷被童延拎著到一旁，許昕朵就此得到解放。

劉雅婷還是覺得心裡難受，知道這件事情後她氣了一個上午，在打第一遍預備鐘的時候對許昕朵說：「妳最近別看論壇了，學校那群鍵盤俠說什麼的都有，氣死我了。不過我會幫妳盯著的，有人說妳我就罵回去，我罵人從來沒輸過。」

童延忍不住數落劉雅婷：「妳那種問候祖宗十八代的吵架方法，只是在髒話方面贏了。妳媽媽是書香門第出生，妳怎麼就不像她呢？」

「你管得著嘛！」

許昕朵和童延要往回走的時候，劉雅婷單獨拽住了童延的衣角，彆彆扭扭地對童延說：「我覺得朵朵只是故作堅強，你最近多照顧她，知道嗎？」

「嗯，我知道啊，我的姑奶奶我肯定伺候好的。」

「不然我……」

「打爆我狗頭是吧？我知道了，放心吧。」

劉雅婷看著這兩個人結伴回去，也回到教室裡。之後的幾節課都沒好好上，全程捧著手機幫許昕朵罵人。不開匿名，用自己的大名罵，讓她再次被學校的學生們記住了。

後期因為這次的事情鬧得太大，學校不得不出手了，暫時關閉了論壇。隨後掛出了公告警告學生，不要過度非議校內學生。

其中，劉雅婷還被掛名警告。

劉雅婷也算是因此一戰成名。

第二十八章　穆家

許昕朵和穆傾亦找了一個安靜的地方聊天。

他們去的是茶道教室，這個教室的裝潢安逸，像是復古茶樓一樣的設計。教室裡還有單獨的小空間，就算沒有上課，學生們也可以進去短暫休息，有時學校老師們也會來這裡坐坐。

茶道老師很佛系，和邵清和的關係也好，讓他們有了便利，午飯過後便在這裡聚集。

許昕朵本來不想帶童延來的，但是童延就跟做了什麼虧心事似的，眼神游離，不敢和許昕朵對視，卻寸步不離地跟著許昕朵。

這模樣像生怕許昕朵這邊有了什麼變故，他不能第一時間應對。還知道許昕朵肯定會不高興，如果等許昕朵冷靜下來了，他的身體也會就此涼去，於是開始賣乖。

第一時間認錯，這才是最明智的。

許昕朵和穆傾亦坐在小隔間裡，童延不參與，就坐在不遠處上課的區域，低頭看著茶盅，伸手試探性地碰了碰，看看是不是熱的。

隨後湊過去研究熱茶的器械，明顯不會茶道的這些東西，但想喝點東西。

許昕朵朝著童延那邊看了一下，才問穆傾亦：「家裡現在是什麼情況？」

「爸爸前段時間一直在籌備一個案子，已經做了一部分前期投資。沈叔叔那邊和爸爸決裂，供應鏈斷了，爸爸前期購置的材料已經加工到一半，無法退還，也無法進行下一步，算是砸在手裡了。」

「這樣就會破產？」許昕朵對這方面不太懂，總覺得破產得有點太快了。

「家裡的生意原本就已經成了一個很脆的殼子，入不敷出，這幾年出現很嚴重的危機。爸爸迫切地想要完成這次的生意，也是想要努力緩和一下公司的情況，做出一些改善。不過出了意外，前期投資收不回，供應鏈中斷，資金周轉不足，前期貨款損失只能我們來承擔。」

許昕朵微微低下頭，許久後語氣沉重地才問：「你告訴媽媽了嗎？」

「還沒有，不過我猜媽媽的好友會告訴她的，這種事情瞞不住。目前看來媽媽沒有回去幫爸爸。」

「她不回去，恐怕是想留下一半的財產供養你……哦，不，我們以後上學。她也想要做出一些成績來給我看，證明她自己。不過應該也很糾結？」

「爸爸肯定會負債，現在公司是一個燙手的山芋，很多好友都不願意伸出援手。爸爸最近在張羅著賣房子、車子還債。」

許昕朵扯了扯校服的衣領，她穿著運動服的外套，拉鍊拉到頂端可以將下巴埋進衣服裡。她低頭想了一下說道：「我最近接了一個代言，給的代言費還挺多的，下個月就能拿到一部分代言費，我把這筆錢給你，你拿去幫忙吧。我剛回來的時候家裡也為我出過錢，也幫我奶奶出了養老院的費用，我就當是還債了。」

穆傾亦看了看許昕朵，表情有點詫異，隨後扭頭看向童延。

他遲疑了一陣子才問：「童延沒和妳說？」

「說什麼？」許昕朵睜大眼睛，她就知道，童延果然參與了。

穆傾亦將童延準備收購公司的事情跟許昕朵說了，許昕朵就此陷入沉默。

童延的意思是要穆父經歷一無所有，之後童家會出面收購穆家的公司，公司不再屬於穆家，頂多是讓穆父不會再負債那麼多。

公司被收購後，穆父的資產恐怕只夠買一間房價不算高的房子，住在郊區。那個時候還能不能有代步車都不一定，更別提私人司機了。他這個年紀突然經歷大起大落，能不能東山再起已經是未知數。也只能出去找一份工作，不再屬於富貴人家，過普通的日子。

最受折磨的恐怕是內心，孤家寡人，孩子不理他，老婆不要他，能不能振作起來都是未知數。

這個公司童家會幫忙經營，等到穆傾亦大學畢業後，安排穆傾亦到這家公司上班，到時按照盈利額折算，盈利額夠了，就把公司還給穆傾亦，也只能還給穆傾亦一個人而已。

如果穆傾亦的業績做得不好，公司他也拿不回去。

這中間，這些年裡公司的盈利歸童家，在穆傾亦用盈利贖回的時候需要翻倍的錢數，夠穆傾亦奮鬥幾年的，童家也不算太虧。

許昕朵又看了童延一眼，隨後問穆傾亦：「你同意了？」

「如果妳會為難，我也可以再想辦法。」穆傾亦更尊重許昕朵的看法。

「就這麼做吧。」許昕朵說完，伸手拿起茶杯喝了一口，「你也跟媽媽說吧，告訴她別回來，這個時候不要和穆文彥再有牽扯，她不必擔心。」

「好。」

穆傾亦和許昕朵聊完就走了出去。

童延看著穆傾亦出，再看許昕朵冷著臉的樣子一眼，下意識地吞咽了一口唾沫，喉結大幅度地滾動。

片刻後，許昕朵走了過來，站在童延身邊。也不說話，只是一直盯著他看。

童延快速說道：「我不想要妳為難，也不想要妳糾結，我知道妳肯定不願意我出手幫忙我，就先斬後奏了。妳看，渣爹得到懲罰了，他現在苦不堪言，我只是留他一條老命。」

許昕朵看著童延，握緊了拳頭又鬆開，隨後說道：「童延，我知道你是為我好，但是你的方法我不認可。」

童延有點心虛，問道：「是懲治的不夠狠，還是太狠了？」

「你知道我為什麼不想你幫我嗎？」

「因為……妳好強？」

「因為我喜歡你。」

童延看著許昕朵故作鎮定的模樣，覺得心口一顫，轉瞬間山海顛倒，天翻地覆，動盪了整個天地，他怔怔地看著許昕朵，努力安撫自己被重擊的心臟。

許昕朵再次開口：「我想以後能堂堂正正的跟你在一起，不是依附你，不是貪圖你什麼，只是喜歡你這個人，只是想和你在一起。無論你是什麼樣子，你貧窮還是富貴，我都只喜歡你，你懂嗎？你做這些，會讓我們之間的感覺變了。」

「對不起……是我沒考慮好……」童延趕緊起身道歉。

「我總覺得我好差勁，家庭這樣，身體這樣。當初不敢表白，總覺得根本配不上你……」

「配得上！只有妳配！」

「我很自卑，你越這樣我越自卑，和你在一起都會覺得卑微……」

童延此時難受得不行，像心臟被猛烈地擠壓，讓他心疼到不行。

胡亂地抱著許昕朵，低頭小聲說：「我們朵朵這麼厲害，我反而是一個只能靠家裡的傻小子。我不能白幫妳，公司穆傾亦以後要贖回去，妳……把妳那筆代言費給我。」

這樣能讓許昕朵心裡舒服一些，童延也不會動許昕朵辛苦賺的錢，都幫她存著。

許昕朵立即同意：「嗯，好。」

「以後妳每個月的薪水要上交啊，交給我百分之三十，就當賠償我了。」

「嗯。」

「還有啊，每個月都要陪我幾天，好不好？」

「好。」

♫

穆父賣了穆家的老宅子。

如今已經不再審批別墅用地了，本市的別墅基本上是賣一套少一套。而且，這些新的別墅都比較靠近郊區，位置不太好。

穆家的宅子地段好，還是戶型不錯的別墅，有獨立的院子，別墅之間的距離也夠。管理、園林也都是一流的，配套設施和學區非常好，不愁銷路。

這種房子也算是豪宅了，如果有人賣，自然有人買。還有人知道穆父急需用錢，所以價格上也是讓穆父一陣陣心梗。

最近家裡的傭人已經全部遣散了，穆傾瑤這些天裡都自己一個人在家裡，她不會做飯，也只能拿著手機查詢學習製作方法，每天自己做飯給自己吃。她的私人司機也不幹了，沒辦法讓司機幫自己買東西，就用自己的零用錢網購，或者叫外送。

今天家裡突然有了動靜，穆傾瑤以為是家人回來了，走出房間看到是房產仲介的人，帶著買家來看房子。

她靜靜地站在一旁看著，接著扭頭回自己的房間裡，她還穿著睡衣，這樣不適合見人。家裡會來外人，也沒有通知過她。

她在房間裡偷聽了一陣子，發現房產仲介的人和買家談話，話裡話外的意思都是要賣房子，而且是儘快，很急。

在家裡破產後，穆父徹底不理穆傾瑤了，把她丟在房子裡，任由她自生自滅。

現在連房子都要賣了，也沒有通知她。就連明天搬家公司要來搬家，這件事情她都是從房產仲介那裡聽來的。

沒有給她收拾東西的時間，而且，搬走之後她要去住哪裡？完全沒有要安排她的意思。

她的生死對於穆父來說只是無關緊要的事情，利用的價值沒有了，她也就徹底沒用了。棄子而已。

穆傾瑤拿出手機，並沒有任何未讀訊息。

她在昨天卸載了學校的APP，就是想控制住自己不去看學校的論壇。手機裡還有沈築杭跟她提分手的訊息：『穆傾瑤，我們分手吧，我真的很討厭被妳欺騙利用。』

沈築杭：『我爸讓我親口跟妳說，好好的分手，可是我覺得根本沒必要。妳這樣滿口謊言，占了別人位置還能理直氣壯的人真的很噁心。辛檸早就跟我說妳肯定不是親生的，我不信，現在看來，還是她看人最準。』

沈築杭：『好了，我刪好友了，拜拜。』

穆傾瑤沒有回訊息，她知道沈築杭那邊肯定已經刪好友了，再傳訊息過去也只能看到一個紅色的符號，知曉自己被刪除了而已。

而且她知道，她被好友群組踢出了，曾經的好朋友都刪了她的帳號。

還有一個人直接傳來訊息：『妳真是不要臉。』接著刪了她。

她現在面臨的狀況是被沈築杭退婚，穆父對她放任不管，家裡的房子要賣了，她之後將會沒有住處。

她知道，穆家破產，穆父心裡肯定是怨恨她的，如果不是她的外婆換了孩子，穆家也不會鬧成這樣。在穆父的觀念裡，公司經營成這樣並非自己的原因，家裡的破產也只是因為婚約不牢靠。

這些仇恨都會轉嫁到她的身上，這就是穆父放任她不管的理由。

穆傾亦在學校裡上課，每天住校不回家。穆母搬出去住了，防著她，住在哪裡，聯繫方式等等穆傾瑤都不知道。

未來要何去何從，她完全不知道，一時間心灰意冷，萬念俱灰。

正在發愣的時候，穆傾瑤低頭看到手機收到了穆傾亦的訊息：『我看了幾個短租公寓，妳看看哪個合適。』

看到穆傾亦傳來的訊息，穆傾瑤不由得錯愕，所有人裡，只有這個哥哥管她了。

她木訥地看著手機螢幕裡的幾張截圖，沒有立即回訊息，而是很快放下手機，開始收拾房間，整理東西。

隨後在自己的櫃子裡找到一柄匕首。

她拿出來看了看，用指甲試了試鋒利程度，隨後拿著匕首來回把玩。

外面再次傳來響動，穆傾瑤到門口打開一條縫隙探頭看，看到是穆父回來了，似乎在跟買家聊天。隨後，買家離開，穆父一個人推門走進來。

穆父進門後左右環視房子，最後看這個家一眼，接著直奔書房，收拾自己的重要物品。

穆傾瑤退回房間裡，套上一雙襪子，確定穿著襪子輕手輕腳地走路沒有聲音才放心。

幸好不像穆家人大個子，不然真麻煩。

她拿著匕首朝著穆父的書房走過去，書房的門並沒有關嚴，她悄悄觀察，隨後躡手躡腳地走進去，突然叫了一聲：「爸爸。」

穆父之前完全沒有聽到聲音，被嚇了一跳，轉身的瞬間腹部被插了一刀。

穆父被攻擊得措手不及，下意識推開穆傾瑤。穆傾瑤順勢將匕首拔了出來，往後連退了幾步才站穩。

穆父痛苦地捂著肚子，已經有些站不直了，倒在地上。他的手按得那麼用力，血還是從手指的縫隙間溢出來，身體一抽一抽的顫抖，被攻擊後身體不受控制。

她刻意選擇腹部，覺得如果有肋骨或者是後背，也許捅不動，腹部才最保險。現在看來選擇是正確的。

穆父睜大眼睛，瞪著穆傾瑤問：「妳……妳要幹什麼？」聲音沙啞得像撕開的紙張，帶著顆粒感。

穆傾瑤原本也很慌張，畢竟是第一次做這種事情。當她看到穆父痛苦倒地，模樣狼狽，到處都是血的樣子突然覺得很解氣，愉快的大笑起來：「哈哈，你打我的時候不是很厲害嗎？現在怎麼厲害不起來了？」

穆父痛苦得說不出任何話。

穆傾瑤嫌棄地甩了甩匕首上的血，眉頭微微蹙起，「嘖嘖」了兩聲，隨後走到穆父的身邊，找到他的手機，故意放得很遠。

穆傾瑤做完這個，再次退後，冷冷地看著穆父，像是在欣賞自己的作品。

她扯著嘴角笑：「你就在這靜靜的享受吧，短時間死不了，我會把門鎖得緊緊的。呵，沒用的東西，徒有脾氣沒有能力，終究還是破產了，你活著還有什麼用？根本指望不上你。」

穆傾瑤說完轉身離開書房，並且將門關上。

做完這些，她回到房間進入洗手間，淡然地把手和匕首洗乾淨，接著換上校服。

她特地選擇了東西，看看書包裡帶什麼好，臨走的時候還噴了香水。

她把匕首放進外套的口袋裡。

從什麼時候開始內心猙獰的？

她自己也說不清了。她知道自己沒有未來了，她無法過苦日子。穆家的父母不再管她了，婚約沒有了，學校也不能再待下去了。

她能依靠誰？穆傾亦嗎？他還自顧不暇呢。

嫉妒、羨慕。

為什麼許昕朵都離開穆家了，還過得那麼好？

她的書架上還有許昕朵上封面的雜誌，許昕朵美得那麼耀眼，只要長得漂亮就可以無所不能？越是對比，越是諷刺，她心中越發不甘起來。

為什麼要讓她經歷這一些，如果生來平凡，恐怕也不會這麼難受。

讓她擁有全部，又讓她一無所有，所以她嫉妒得要扭曲了。

她的生活不會再好了，沒有未來了——那就一起毀滅吧！

她到學校後只能攻擊一次，之後會被其他人防範起來。她學過鋼琴，學過舞蹈，只會基礎的防身術。

這一刀應該給誰呢？沈築杭？李辛檸？許昕朵？

哦……是童延的話許昕朵會不會更難受？

沈築杭就是個沒有心的，李辛檸就算有什麼事情，他也只會難受幾天，再找下一個。

童延和許昕朵就不一樣了，少了一個，另一個就瘋了。

離開穆家的時候，她特地鎖好房子的門，全部反鎖了之後，還在外側逛了一圈檢查門窗，確定很結實後才離開。

她沒有私人司機了，只能自己想辦法去學校。

步行到別墅門口，拿出手機叫車，坐在車裡後再次檢查自己包裡的物品，這些東西帶過去的話，被抓起來也能方便生活，都是必需品。

穆傾瑤穿著外套，戴上帽子，低下頭走在學校裡並不算太起眼。

她來時正好是下課時間，學生們在大廳和走廊內打打鬧鬧，只是覺得這個人揹著書包走在學校裡有點突兀，畢竟現在還沒放學。

難不成剛剛來上學？

零星有人認出穆傾瑤，聚在一起小聲議論：「是穆傾瑤吧？」

「啊？那個假妹妹？」

「好像是。」

「她還好意思來學校？」

穆傾瑤聽到，或者注意到那些人的議論了，嘴唇緊抿，努力不去在意。

她不知道她要找的人在哪裡，走到火箭班的走廊窗戶往裡看，教室裡只有一部分人。這個時間其他的學生大概都去別的教室上課了，或者是去興趣班了。

她要找的人並不在教室裡。

她轉過身，卻和許昕朵打了個照面。

許昕朵側頭看了她一眼，並沒有要打招呼的意思，打算直接越過她走過去。意識到不對後才再次看向穆傾瑤，伸手抬起穆傾瑤的下巴看了兩眼，問：「沈築杭又打你了？」

穆傾瑤錯愕地看著許昕朵，一時之間慌了神，並未回答。

許昕朵又問：「穆文彥打的？」

「嗯。」

許昕朵鬆開穆傾瑤，往後退了一步，表情裡多了一些厭惡。

看得出來，許昕朵提起穆父的名字充滿嫌棄。

隨後許昕朵說道：「奶奶在養老院挺好的，她之後的費用我都會承擔，妳現在只需要關心妳自己就可以了。」

哦……還有一個奶奶。

穆傾瑤的對這個奶奶完全沒有任何印象，也沒有要認的意思，她含糊地點了點頭。

許昕朵還真是多慮了，她現在自己都活得勉強，哪裡可能去管一個素不相識的老太太？

許昕朵隨後說道：「媽媽對妳還是有感情的，不會放著妳不管，不過不會和妳生活在一起，自己找個地方住吧。畢竟家裡有妳我就不想回去了，她會顧及這一點。」

說話一如既往的難聽。

穆傾瑤看著許昕朵，微微蹙眉，說道：「許昕朵，妳的性格非常討人厭。」

「妳更討人厭。」許昕朵回完，手裡拿著書朝著其他教室走。

婁栩在不遠處等著許昕朵。

穆傾瑤看著許昕朵離開，和婁栩肩並肩走在一起。婁栩頻頻回頭看自己。

穆傾瑤遲疑了一下並沒有動手，朝著另外一個方向走，果然看到童延又回了國際班的教室，正在跟魏嵐聊天。

她知道，她這個時候進入國際班肯定非常突兀，童延也會有所準備。

她有自知之明，不可能是童延的對手，童延固定的興趣班就有柔術和散打。

這讓穆傾瑤陷入遲疑中。

站在走廊裡靠著欄杆，正在思考的時候看到了這樣一幕，李辛檸非常氣憤地扯著沈築杭的衣服，帶著沈築杭走遠了。

那裡穆傾瑤知道，學生都很喜歡去。

教學大樓裡有自動販賣機，還有兩個可以坐下休息的桌椅。在販賣機後面有一個轉角，那裡有一個小的走廊，盡頭是倉庫的門，小走廊裡沒有監視器，算是監視死角，學生們喜歡在那裡聚集聊天。

她覺得這兩個人就是要去那裡。

她慢悠悠地走過去，果然聽到了爭吵聲。

上課鈴響起，學生們紛紛離開去上課，只留下那兩個人還在爭吵。

穆傾瑤坐在椅子上，依舊扣著帽子，低著頭去聽兩個人爭吵的內容，不由得笑了起來。

李辛檸：「你真的非常噁心，猥瑣男。」

沈築杭：「我只是存在我自己手機裡，誰知道那傢伙翻我手機，還傳出去了。」

李辛檸：「那你為什麼要錄影啊！」

沈築杭：「錄著玩唄。」

大體意思穆傾瑤聽明白了，是沈築杭和李辛檸親熱的時候偷偷錄影了。

兩個人沒有真的發生關係，但是很多越線的事情也都做了，影片裡有李辛檸說話的聲音，還有被摸的畫面。

這個影片被小範圍的流傳出去了。

還真是兩個禍害互相折磨。

穆傾瑤聽完之後內心是麻木的，她比誰都清楚這兩個人，都不算什麼好東西，他們在一起還挺好的。

不過她也知道，沈築杭和她的婚約取消之後，李辛檸也會就此和沈築杭分開，兩個人長久不了，不然穆傾瑤真想祝這兩個人百年好合。

現在他們兩個人過得不好，她的心情就好起來了。

她看著自動販賣機閃爍的燈光突然想，她為什麼要傷害許昕朵？因為嫉妒嗎？

說起來，許昕朵也沒做過什麼對不起她的事情，反而是她不依不饒，許昕朵適當還擊。相比之下，這兩個人更討人厭。

做了一個深呼吸，穆傾瑤站起身走過去，悄悄探頭看了走廊一眼，接著直接朝著沈築杭衝了過去。

又是瞄準腹部，不過是沈築杭的身體方向導致她刺中的是腰側，且沒有之前那一刀深。

她快速拔出刀來，與此同時聽到李辛檸的驚呼聲，回身看到李辛檸要跑，隨便劃了一刀後，沒有再追。

慌亂間看到自己劃傷了李辛檸的手臂，小臂到手肘，也多虧李辛檸喜歡將袖子挽起來。

李辛檸尖叫著跑走了，一邊跑一邊驚呼，引來了老師。

穆傾瑤看了沈築杭一眼，沈築杭惶恐地看著她，身體蹭著牆壁往後退，卻因為受傷而走不遠。

穆傾瑤撇了撇嘴，隨手把刀扔進垃圾桶裡，沾血的外套也順便扔了，揹著書包朝外走。注意到有老師朝這邊來，她故作鎮定地走過去，擦肩而過後從逃生通道離開。

她離開教學大樓站在操場上覺得有些冷，做了一個深呼吸後到了大門口，直接爬過推拉門離開學校。

門衛看到她，反應過來的時候她已經跑遠了，門衛追在後面問：「妳是哪個班的？」

穆傾瑤沒理，攔了一輛計程車去最近的警局。

警局門口是失物招領等事務的窗口，窗口都有鐵欄杆鎖著。她走過去淡定地說：「您好，我來自首的。」

警員有點詫異，問：「自首？」

出於職業的敏感，他們還是立即走了過來，對穆傾瑤做出防範。

穆傾瑤依舊淡定地點頭：「嗯，應該算是故意傷害吧。」

她好整以暇地看著警員，甚至還在笑，模樣詭異又奇特。

學校突然大亂。

李辛檸身上有血，驚慌的大吼大叫，那模樣彷彿見了鬼，校醫幫她做了急救後送去醫院。

沈築杭被老師送上救護車。

學校內一陣譁然，若不是論壇被暫時關閉了，又會大鬧特鬧一番。

穆傾亦知道情況的時候，一時間竟然不知道應該先去醫院，還是先去警局。

他一瞬間慌了神，最後被許昕朵叫醒：「你去醫院吧，我去警局看一看。」

「嗯，好。」穆傾亦點頭。

「在醫院可能會遇到沈家的父母，他們憤怒之下怕會做出偏激的事情來，你小心一點。」

此時他們還不知道穆父也被攻擊了。穆傾亦去醫院看看傷者的情況，媽媽在外地，爸爸完全聯繫不上，家裡就只有他一個人能去處理這些事情。

穆傾亦是一個不願意處理人際關係的人，不喜歡參與到麻煩之中。

最近家裡搞得穆傾亦焦頭爛額。這一次穆傾瑤居然傷人了，受害人有兩個，都是他熟悉的同學。

聽到這個消息的時候，他頓時腦袋一空，險些跌倒。

穆傾亦去醫院處理傷者的事情，醫藥費肯定是要他們來承擔的，對於穆家現在的情況來說，無疑是雪上加霜。

許昕朵真的不想管穆傾瑤，特別想任由她自生自滅，最後還是嘆了一口氣，決定去警局一趟配合調查，知曉一下大致情況。

只是幫穆傾亦的忙。

童延自然也聽說這件事情，很快找到許昕朵，確定穆傾瑤沒有傷害許昕朵後才放心。

童延陪著許昕朵去警局，到了之後打聽，知曉穆傾瑤此時無法保釋，也不能安排他們見面，能見穆傾瑤的只有她的辯護律師。

許昕朵聽完之後和童延到一旁，垂著眼眸說道：「我不會幫她找律師，穆文彥對她的態度是放任不管，也許我媽媽會……但也只是爭取減刑而已。」

「穆傾瑤傷人後就來自首了，是不是就證明她早就做了最壞的打算？」

「我和她的關係本來就很差，出了事情我不該管才是……現在我只是將這邊的消息如實告訴穆傾亦，讓他們自己選擇就可以了，這麼處理可以嗎？」

童延點了點頭：「嗯。」

其實童延不想許昕朵參與進來。

他現在越發覺得許昕朵和這家人斷絕關係是十分明智的選擇，現在穆家出了事，許昕朵也跟著成了眾人非議的對象，童延聽了覺得特別生氣。

現在許昕朵還在跟著著急，想想就讓童延恨得牙癢癢。

許昕朵傳訊息給穆傾亦，穆傾亦許久後才回覆：『我知道了，謝謝妳，妳也早點回去休息吧。』

許昕朵看著手機上的訊息不由得有點擔心，跟著打字詢問：『你那邊情況怎麼樣？』

穆傾亦：『還好。』

童延也在這個時候看手機，跟許昕朵說道：「我問了公司的律師，穆傾瑤這種情況要看對方傷勢，傷勢輕的話三年以下有期徒刑或者拘役、管制。如果傷勢重的話，三到十年。學校也要擔責。」

「所以穆傾瑤註定要高中輟學，幾年後才能出來？」

「對。」

許昕朵多少有點唏噓，然而還是不再管了，這是穆傾瑤自己的選擇。

她和童延一起離開，童延死皮賴臉地跟著許昕朵回了公寓，說是怕突然出現意外，他要貼身保護。

醫院這邊果然不安寧，且情況比穆傾亦想的要更糟糕。

他到了醫院才知道，傷者還有自己的父親。

穆傾亦交了沈築杭和李辛檸的醫療費用，接著去病房看自己的父親。

穆父陷入昏迷，雙目緊閉。

他詢問之後得知穆父的傷口已經處理完畢，脫離危險了，只是因為之前失血過多，所以還沒有醒過來。

他在醫院裡忙前忙後，取結果、補費用辦理住院等等。

他回到病房門口遇到了沈母。

沈母看到寶貝兒子受傷，簡直像瘋了一樣，也不管穆父這裡是不是還在昏迷中，進入病房就開始罵人。

穆傾亦起初還會道歉，後來則是一言不發。

「你看看你們家裡養的是什麼狗東西，把孩子養成這樣！果然是蛇蠍，焐熱了之後就把人咬死！」

「退婚了就去傷人，這種蛇蠍心腸要是結婚了，吵一次架還不得殺我全家？」

「你看我幹什麼？嘆氣是什麼意思？你也是被他們養大的，自己的女兒都能不認的東西，養大的都是垃圾，你也不是什麼好東西！」

「他也被攻擊了？哈哈！他活該！他自作自受！把一個毒瘤硬往我家裡塞，遭報應了吧！」

醫院的醫護人員也過來勸，希望沈母能夠保持安靜，不要打擾到其他患者休息，但是失去理智的母親在盛怒之下，什麼形象都不要了，只想要罵得他們狗血淋頭才解氣。

穆傾亦站在病房裡面緊緊握著拳頭，忍得額頭青筋都暴起來了。

這個時候邵清和走了進來，跟沈母打招呼，隨後說道：「事情我都聽說了，這個穆傾瑤實在過分。小亦也是無奈，早就厭煩這個妹妹了，只是不好趕她走，只能忍耐。」

沈母看到邵清和後冷哼了一聲，說道：「是他們穆家自己造的孽，破產活該，妻離子散也活該！」

邵清和跟著點頭：「誰說不是？唉，說起來也是穆家突然破產，穆叔叔對她不管不問，沈築杭還打過她，在有婚約期間劈腿惹怒了穆傾瑤。這麼多刺激在一起，也真的是……」

沈母終於被嗆得說不什麼了，雙目圓睜，半晌沒說出話來。

邵清和跟著小聲說：「沈阿姨，穆傾瑤攻擊人的原因還是不要說出去比較好。妳看，這要是傳出去了，旁人興許會說是你們沈家逼的。沈築杭打人、劈腿，然後強制退婚，穆傾瑤怒而傷人。」

「胡扯！我們退婚是因為穆家欺瞞！」

「我知道啊，可是我們學校裡有奇怪的聲音，說穆傾瑤是手砍渣男，過癮。」

「說的是人話嗎？」

「人言可畏啊！」邵清和說完，再看了看圍觀的人，「您還要這麼鬧？畢竟曾經是親家，繼續鬧下去不太好看。」

沈母氣得渾身發抖，最後還是離開了。

穆傾亦看向邵清和，低聲說道：「謝謝。」

「唉，這種時候，你無論說什麼沈阿姨都不會理的，只會變本加厲的罵你，也只有我這種旁觀者能勸住。」

穆傾亦站在病房裡，等圍觀的人退開，只剩他們兩個人和昏迷的穆父後，穆傾亦走過去關上門，接著低聲罵了一句：「靠。」

這是穆傾亦難得說髒話，邵清和聽完就樂了。

穆傾亦瞥了邵清和一眼：「你就這麼熱衷於看我們家的熱鬧？」

「對啊，看著你們如何撐過去，是我生活下去的動力。」邵清和回答完坐在醫院的椅子上，看著穆傾亦好奇地問，「你打算怎麼做？」

「我很早就煩穆傾瑤了，總覺得她的心思是壞的。明明一起長大，卻讓我非常失望，我好像不認識她了，處理她外婆的時候就想趕她走了。」穆傾亦嘆了一口氣，「也怪我沒說動父母吧，嘴笨什麼時候能改好？」

邵清和好奇地問：「你還會管穆傾瑤嗎？」

穆傾亦搖了搖頭：「為自己的過錯付出代價是理所應當的，我的父親現在破產、受傷，也是為自己的過錯付出代價。一切因果，都並非突然出現，早就有了種子，自食惡果而已。」

「你爸爸這裡呢？」

「沒有生命危險，脫離危險期了，公司的話等童家收購吧。」

「哦，最後還是要靠童延。」

穆傾亦點了點頭，模樣有些頹然：「我覺得朵朵是不願意的，但是她同意了，應該是衡量之後確定童家沒有損失才答應的。是為了顧及我和媽媽的感受，她其實完全可以置身度外。」

「所以朵朵妹妹還是心軟。」

「得到她原諒的，她都會對對方很好。她不願意原諒和接受的，只有爸爸和穆傾瑤。」

邵清和搖了搖頭，說道：「她不姓穆，傾字也去掉吧，她應該叫許瑤才對？」

穆傾亦想明白後苦笑：「她原本應該叫許昕朵。」

「唉……算了，不糾結名字了。」邵清和看著穆父手臂上的點滴，問道，「你不打算脫離他們了？」

有一陣子，穆傾亦和邵清和熱衷於研究如何脫離原生家庭。

穆傾亦也厭倦了穆家，懦弱的母親，日漸猙獰的父親，一個藏著壞心思的假妹妹，還有一個離家出走的真妹妹，這種情況讓穆傾亦覺得疲憊，不想與他們為伍，只想脫離他們。

穆傾亦苦笑著說道：「媽媽在努力，已經做出改變了……而且，朵朵願意接受我了。」

邵清和笑得溫和：「所以亦亦哥哥也會心軟呢。」

「別亂叫，我只是想試著和朵朵好好相處，以後好好的補償她。可我……真的是一個沒用的哥哥……」

「朵朵妹妹在努力成長，你也要加油了。」

「嗯。」

♫

穆家的公司破產，穆母沒有回來。

穆父被穆傾瑤刺傷，昏迷不醒後穆母再也坐不住了，時間太趕，飛機都沒有航班，買了時間最近的高鐵票便過來了。

她過來之後代替穆傾亦，讓穆傾亦去上學，她來守著穆父。

說來也怪，她原本性格軟弱，如果是以前，遇到這種事情說不定會痛哭流涕，許久都沒有辦法，然而此時她卻冷靜異常，事情到了這種境地，她不堅強也要堅強。

她守在病房裡和童家的人聯繫，敲定收購的具體事宜。

童家看在許昕朵的面子上，沒有趁火打劫，各項都給得十分合理，特殊要求是關於穆傾亦的，還有要求穆父與公司再無任何關係。

接著就是看望沈築杭和李辛檸，兩邊家長都有氣，穆母全程態度很好，且沒有要求情的意思，只是表示會承擔醫藥費。

全程沒有提和解，自然也不會出現刁難的事情，穆母也沒有幫穆傾瑤找律師。判成什麼樣，就是什麼樣，她應該受到懲罰。

穆父醒過來的時候，看到穆母坐在病房的沙發上，正在看著合約，打電話給公司的老員工核實情況。

公司倒閉，很多人怕穆父會拖欠薪資，已經開始找新工作了，這也是人之常情。

結果破敗的公司轉眼間成了童家產業的分公司，公司的級別反而一下子上來了，比之前的待遇還要好一些，留下的員工全部驚喜萬分。有些離開的人也想試圖回來，童家也全部都收下了，並且表示會派兩位人事經理過去，重新和員工談薪資待遇。

公司的情況瞬間好轉了許多。

穆母此刻就是在核實公司的情況，瞭解好情況後，跟童家來的人交接。

正交談著，看到穆父醒過來了，她的動作停頓了一下，接著繼續交談，將事情安排完畢後才掛斷了電話，走出去叫醫生。

醫生幫穆父做了簡單的檢查，和穆母交代幾句就離開了。

穆父看著穆母，嘴唇微微顫抖，叫她：「茵尋啊……」

穆母看了看穆父虛弱的樣子，隨後說道：「童家願意收購公司，很多事情已經談妥了，你……」

穆父的眼睛立即一亮，問道：「他們能不能……提供資金，這個案子做完，我們肯定會盈利……」

「他們只收購。」

「妳讓朵朵去求求他們！」

「你覺得朵朵會幫你嗎？你早就傷透朵朵的心了，童家願意這麼做已經是仁至義盡了。」

穆父再次安靜下來，穆母不再管他的情緒，繼續介紹這邊的情況。

先從公司開始，接著說穆傾瑤還傷了沈築杭和李辛檸，目前在警局裡拘留，她不會幫忙打點穆傾瑤的事情，對這個孩子真的失望了。

在這之前，她還惦記著幫穆傾瑤找住處，安排轉學，現在看來完全不用了。

在她看來，這是一個讓她覺得恐懼的孩子，明明是自己養大的，怎麼突然變成這樣了？

穆父聽到這些後閉上眼，眉頭微蹙，似乎是也在憤怒之中，卻什麼都沒有說。

穆母繼續說：「既然你醒了，我就不多留了，我那邊還在裝潢。我會幫你聯繫護工，小亦也會時不時過來……」

「茵尋……」穆父突然睜開眼睛，伸手想要去拉穆母的手，卻被點滴困住了。

穆母繼續說下去：「我手裡還有一點流動資金，到時候轉給你。」

穆父見穆母真的要走，也不管針了，伸手去抓穆母的衣服，急切地說道：「別走好嗎？原諒我好不好？我很想妳……我……」

「不好。」穆母毅然決然地拒絕了他。

這是穆父從未想到的，他第一次見到穆母這個樣子。

明明在他出事之後願意來看他，卻不肯原諒他……

穆母出去安排護工，等穆母回來收拾東西，訂回去的票時，穆父說道：「錢妳留著吧……留著備用。」

「不用，我會轉給你，我不想再接受你任何好意了，以後別再聯繫了吧。」

穆母說完拎著包離開，只留穆父一個人在房間裡。

她不想再接受穆父任何的好，也不給未來留下隱患。

她來了之後穆傾亦和她說穆父也打了穆傾瑤，這恐怕也是刺激到穆傾瑤的原因之一。

這間接地告訴她，穆父家暴，讓她不要心軟。嫖、賭、家暴的男人，全部都不配被原諒，他們就應該跌進塵埃裡，不要再去禍害任何人。

她不想再讓孩子們失望了，所以必須做得乾淨俐落。

護工看到穆父的手驚呼，找來醫護人員幫忙查看，病房裡混亂了一陣子，穆父渾渾噩噩的。

被他留下的女兒，一刀刺向他。被他嫌棄的女兒，最後幫了他。

公司經營不起來，原本感情很好的妻子似乎也被迫變得強大起來，只有他一如既往的無能，只能靠暴力發洩情緒。

真是沒用。

學校開始調查這起暴力事件，沈築杭在婚約期間內劈腿李辛檸，還是李辛檸主動勾引的這件事被傳了出去。

沈築杭受傷了，李辛檸被傷了手臂縫了針，有可能留疤，已經連續哭了幾天。這兩個人都沒有來上學，在家養傷。

穆傾瑤那邊沒有確切的消息，穆家已經放任不管了，只能等判決。

都把養父刺傷了，穆家怎麼還可能管她？

穆傾亦和許昕朵最近上學，總會看到學生們奇異的眼光。

穆傾亦之前在學校裡是完美男神，此刻也變成了八卦人物，漸漸的風評沒有最初的好了，願意維護穆傾亦的女生也變得少了。

許昕朵倒是從轉學開始就已經承受各種非議，之前的批評少了，評價還有轉好的跡象。畢竟大家都同情被害者，護著許昕朵人漸漸多起來。

穆傾瑤越糟糕，許昕朵就會被襯托得越好，加上許昕朵本來就不太在意這些，懶得理，倒是沒覺得有什麼。

學校處理這件事情，的確需要承擔一部分責任，這裡畢竟是封閉學校，學生在校內傷人學校難辭其咎。

不久後，學校的老師開始輪流叫許昕朵和穆傾亦去學校的辦公室，單獨幫他們安排老師進行心理輔導。怕他們一時間經歷這麼多事情，心理上承受不了。

嘉華學園這點真的做得很好，注重兩性教育，還有心理方面，這次請來的也是專家。

聽說，以前曾經有一名學生鬧過自殺，之前都好好的，性格也很開朗，突然就崩潰了，坐在頂樓。這舉動嚇壞了學校，就此更加重視心理疏導。

兄妹二人表現得都挺淡定的，但是心理測驗的結果顯示，兩個人都有憂鬱傾向，哥哥嚴重一些。

憂鬱傾向，而非憂鬱症。憂鬱情緒很多人都有，偶爾負面情緒爆炸也是正常的。憂鬱傾向就要稍微嚴重一些，真到了憂鬱症就要吃藥控制了。

學校對此非常重視。

早晨上學，許昕朵因為工作原因，突然染了一頭銀髮出現在學校。

她昨天晚上拍攝新的廣告，裡面的造型是視覺系，頭髮染的顏色也很突破。造型裡她一頭銀髮，眼睛加戴變色片，妝容很濃，看起來叛逆又有點野。

因為沒有時間將頭髮染回來，她只能頂著這頭頭髮來學校。

她特地戴了棒球帽，可是還會露出些許髮絲來，引來邵清和和穆傾亦的注意。

許昕朵想了想後，還是主動去找老師，到了辦公室剛想開口解釋頭髮的事情，就見老師看著她一愣，隨後說道：「染了頭髮會不會覺得開心一點？」

許昕朵：「？？？」

老師想了想再次說道：「妳可以嘗試多做一些運動，多曬太陽，等暑假的時候去旅旅遊散心，去妳想去的地方。放心，老師幫妳申請獎學金。」

許昕朵說道：「對不起老師，我是工作需求才染頭髮，昨天工作到太晚了，沒時間染回來。等有時間了，我就會染回來的。」

老師聽完便鬆了一口氣，笑著說道：「那就好，我覺得挺好看的。」

許昕朵點了點頭打算離開，聽到老師再次說道：「樂觀一點，每天開開心心的，老師覺得妳超級優秀！」

許昕朵看著老師微愣，隨後微笑著回答：「謝謝老師。」

許昕朵回到教室後繼續帶著帽子上課，下課的時候婁栩衝了過來，伸手碰許昕朵的頭髮：

「我的天啊，也太帥了吧。」

許昕朵嘆氣：「過兩天還要染呢，不知道是藍色還是粉色。」

「頭髮會不會受不住啊？」

「我也擔心。」

童延走過來把許昕朵的帽子拿了下來，俯下身看許昕朵的頭髮，隨後伸手揉了揉。

童延捏著髮絲問：「髮根是銀灰色的，妳這算是過度的奶奶灰？」

許昕朵嘆氣回答：「嗯，漂了好多次。」

「還挺帥的。」

「喲，難得您老人家喜歡。」

「我哪有那麼挑剔？」

婁栩已經忍不住開始拍照了，近拍幾張，遠拍幾張。

童延站在一旁看著，還叮囑婁栩：「拍完傳幾張給我。」

「好的。」

童延的好友列表裡難得出現其他女孩子，不過加婁栩完全是為了收許昕朵的相片，除此之外兩個人聊天紀錄裡沒討論過其他的話。

許昕朵無奈得不行，任由婁栩拍照，自己繼續補作業。

到了午休時間，許昕朵捧著烏龍茶和童延並肩走回來，注意到穆傾亦一個人站在走廊轉角處發呆。

穆傾亦平時不太出來，應該是因為不想聽教室裡的非議聲，時不時還有人在走廊裡從窗戶偷看他。

他被連累得非常嚴重。

許昕朵看到穆傾亦後主動說道：「哥，最近老師很重視我們兩個人的心理問題。」

穆傾亦看向她，苦笑著回答：「我被搞得有點尷尬。」

「過來，妹妹抱抱，安慰你一下。」

穆傾亦被說得一愣，不過還是走過來輕輕地抱著許昕朵，是兄妹之間安撫的擁抱。

穆傾亦有一瞬間鼻酸。

突然覺得有個妹妹真好啊，這個擁抱真的很有治癒的作用。

童延站在一旁，看了一陣子後忍不住焦躁地說：「都抱了三十秒了，差不多了，我的忍耐是有限度的！」

童延的醋，不分種族，不分關係，男女通吃。

第二十九章　舊事

六月末有一場數學競賽，比賽時間在週日下午兩點。

此時已經臨近高二下學期的期末，七月初就會進行期末考試。不過嘉華學校高二的暑假假期很短，八月就要開學，直接步入高三生活。

許昕朵計畫著，合約到期後她也會跟著住校，也就是從下學期開始。

學校內的風波漸漸的淡了，鮮少有人談論關於穆家的事情，畢竟也只是家務事。暴力事件穆傾亦和許昕朵只是被牽連的，主角是那三個人的三角戀，他們不會被津津樂道這麼久。

過了一段時間，比較喜歡談論的就是誰和誰又打架了，最後調查結果是因為哪個班的一個女生。或者是火箭班的誰誰誰作弊了，被抓了，取消進入火箭班的資格，事後家長來學校打那個學生。

有這些事情轉移注意力後，穆傾亦和許昕朵都輕鬆了一些。

邵清和與穆傾亦穿著嘉華的校服，站在隊伍後方跟著排隊，時不時看向入口的方向。

來參加比賽的還有許昕朵，不過許昕朵上午有工作，說中午可以結束卻遲遲沒有過來。現在已經到了排隊入場的時間，許昕朵還是沒有出現。

穆傾亦打了三通電話給許昕朵，許昕朵都沒接。

邵清和站在一旁看著穆傾亦的舉動說道：「朵朵妹妹可能是沒空接電話吧。」

「這個比賽有助於以後保送。」

「朵朵妹妹好像對保送不感興趣，她要和童延考同一所大學。」

「我要不要幫童延補習？」

「童延理科不需要補習，他的國文你再用力補，也還是那樣。」

「……」穆傾亦忍不住嘆氣。

許昕朵的成績，升學考基本上不用煩惱，高三努努力就算同時做兼職也能考得不錯。然而她的大學全看童延的發揮，這讓穆傾亦跟著著急，做哥哥的當然希望妹妹能考上最好的大學。

兩個人聊天的時候，有其他學校的學生偷偷拍邵清和與穆傾亦。

入場的隊伍有幾排，進門時需要驗證學生的入場證，還要進行安檢，導致進門速度很慢。

嘉華國際學校的校服是西裝外套加白襯衫，算是比較罕見的校服樣式，加上邵清和與穆傾亦都是非常帥氣的男生，自然會吸引目光。

很多女孩子會偷偷拍攝帥哥的影片，上傳到社群平臺，有時熱度還挺高的。

有些短影片是工作室擺拍，有些則是真的偷拍的帥哥，他們兩個人就是被偷拍了。

用影像記錄偶遇的美好生活。

此時兩個人同時看向入口的位置，入口響起一陣車鳴，女孩子順勢用手機拍過去，拍到了許昕朵過來的畫面。

許昕朵知道自己恐怕會來不及，讓童延將摩托車送到她拍攝地的樓下。拍攝完畢後，她收拾東西下樓，自己騎著摩托車來比賽場地。

她在停車場停下了摩托車，腿長的優勢就是可以用腳撐地，且不顯得吃力。將安全帽拿下來，一頭短髮有點淩亂，轉瞬間被風吹得露出精緻的面孔來。

短髮飛揚，在臉頰邊飛舞，像是不受控制的黑色羽翼，將瓷白的臉襯托得更加白皙。

將摩托車停好後，她單肩揹著書包，從包裡拿出卸妝的濕巾一邊走，一邊擦臉卸妝，走過來站在穆傾亦的身邊。

穆傾亦幫她拿著書包，按照許昕朵說的從裡面拿出校服。

這次比賽是代表學校的，參賽的學生必須穿著校服，她只能臨時趕緊穿上，拿著校服裙子直接套在自己的牛仔褲的外面。

明明是很狼狽的事情，許昕朵卻做得乾淨俐落，還有幾分帥氣。尤其是許昕朵卸妝的時候還朝錄影的女孩子看了一眼，並未在意她們，繼續跟穆傾亦他們聊天。

那一瞬間的眼神，真的是帥到不行。

真正的美女，就是能夠經受得住卸妝的考驗，現場卸妝，卸妝後容貌沒有變化很大，只是從攻氣十足的妝容，變成了清爽的學生模樣。

穆傾亦伸手幫許昕朵整理一下頭髮，問道：「東西都帶齊了嗎？」

「嗯，帶了，入場證還有……筆，這次是寫卷子的考試吧？」

「……」穆傾亦一臉嚴肅地看著許昕朵，不知道該說什麼了，她顯然又是奔著獎金來的。

排隊期間，三個人聽到有人的手機鈴聲，居然是婁栩唱的歌。他們立即互相看了一眼，懂對方眼裡的意思。

許昕朵幫婁栩寫了一首曲子，因為第一次作曲經驗不足，有了好幾段重複的旋律，勉強成了一首完整的曲子。

後期婁栩找了編曲和填詞，將這首歌製作完成，接著進行錄製。編曲和填詞都並非專業的，是業餘接單的那種，錄製也並非專業的錄音棚，而是婁栩隨便找一個安靜的地方錄的。

結果這首歌因為曲子旋律簡單，歌詞魔性，竟然意外的紅了。

歌曲紅了之後，出現了一個非常尷尬的情況，歌紅人不紅。

歌紅到什麼程度呢？就是滑影片網站，翻看十個影片，都能聽到兩次這首歌。

但是製作團隊不紅到什麼程度呢？沒有人知道是誰唱的、是誰寫的歌，甚至不知道這首歌叫什麼，只是會哼唱。

婁栩一度覺得自己要紅了，她要被公司挖走了，她要走上人生巔峰了。

結果，等了好久她的生活沒有任何改變，班級裡甚至有人也會唱這首歌，卻不知道這居然是婁栩的原聲。

邵清和對許昕朵安慰道：「其實旋律不錯。」

穆傾亦跟著說：「也確實紅了。」

許昕朵笑了笑回答：「我沒當回事，能有這樣的成績我也沒想到，而且這首曲子本來只是送栩栩的禮物。栩栩好像也挺開心的，說我有作曲的天賦。」

穆傾亦有點好奇地問她：「會繼續發展這方面嗎？」

許昕朵點了點頭：「會，當業餘愛好，試著寫寫，栩栩說了，她要靠我成為巨星。而且鋼琴本來就是我最喜歡的興趣，肯定會堅持下去。」

排到他們後，有工作人員問許昕朵：「妳的牛仔褲是怎麼回事？」

許昕朵撒謊的時候表情都沒變：「老師抱歉，我生理期來了有點弄髒了，只能這樣先套一下。」

其實主要原因是怕冷和沒辦法在這裡換打底褲。

老師也沒再說什麼，幫許昕朵登記的時候還在嘟囔：「我一直覺得裙子不太方便，好看是好看，女孩子活動多受限制？喏，手機等物品放籃子裡，妳的位子在那邊。」

「謝謝老師。」

許昕朵進入場地，拿著卷子大致掃了一眼後開始答題。

題目在她看來並不難，很快就寫完了，之後再檢查一遍，接著交了卷子。在所有參賽選手裡，她算是第一批交卷的學生。

拿回自己的物品離開考場後，看到手機螢幕上童延傳來的訊息：『媽的，狗丟了。』

童延：『COCO 追著一隻小母狗跑了，我找了快一個小時了也沒找到，家裡的傭人說牠沒回去。』

COCO 是受過專業訓練的狗狗，很少會離開主人的視線範圍。就算真的走丟了，也會憑藉氣味自己回家。

這一次過了這麼久都沒有回家十分反常，除非是被控制住了，無法回去。

她有點著急，拿著手機打電話給童延，書包都沒揹穩。

童延很快接通了，低聲問道：『妳考完了？』

「嗯，考完了，COCO 找到了嗎？」

『沒，我在保全這裡調監視器呢，那個小犢子跑得飛快，每個監視器裡只能捕捉到一瞬間的身影，有一個影像裡只出現一條尾巴，我正在拼湊路線呢。』

「你先別著急，我現在就回去。」

『好，妳騎車小心點。』

許昕朵回到別墅區的時候，按照導航的地圖，沿路找了附近的寵物店或者寵物醫院。原本只是想碰碰運氣，沒想到還真的找到了COCO。

許昕朵走進一家寵物醫院，剛說話詢問，就聽到COCO的叫聲，聲音特別急切。顯然離開主人牠也很慌張，聽到許昕朵的聲音，就跟遇到救世主一樣。

她快步走進去，看到COCO被包著一個爪子，頭上還帶著「羞恥圈」，她趕緊詢問：「COCO怎麼了？」

旁邊坐著一個女孩子，低聲說道：「牠突然撲向我們家富帥，兩隻狗就打起來了，我看狗受傷了就帶牠們來醫院先治好再說，她是妳的狗？」

許昕朵點了點頭，隨後看向女孩子的狗，一隻柯基，名字叫富帥。

COCO是怎麼想的呢？

許昕朵趕緊和那個女孩道歉：「抱歉，是我的朋友沒有看好狗，妳的狗沒受傷吧？」

女孩搖了搖頭：「你們家的狗個子大，但是打架不太厲害，看起來不像啊。」

「牠是特別訓練過的，沒有指令不會攻擊任何人或者動物。」

「哇，厲害了，牠還會其他的嗎？」

許昕朵走過去查看一下COCO的傷勢，確定COCO的傷勢還好，只是一隻腳受傷，還挺有精神的也就放心下來了。

她做了幾個命令，COCO特別聽話地執行了，看得那個女孩直鼓掌：「妳這隻狗哪裡訓練的？我家的狗只知道吃和睡還有傻玩。」

「買的就是訓練過的狗。」

「哦，這樣啊，我的狗是我兒子隨手買的。」

許昕朵看著那個女孩子，半晌一句話沒說出來。

這女孩看起來頂多二十歲的樣子，都有兒子了？

女孩長了一張初戀臉，五官極為標準，都是按照最精緻的模樣長的，清純萬分。不過她的行為舉止大大咧咧的，看起來多了幾分颯爽。

她看了看COCO，隨後從口袋裡拿出一疊錢說道：「我剛才去銀行領的錢，把你們家狗咬傷了也怪不好意思的，賠妳兩千塊錢，妳覺得行嗎？」

許昕朵趕緊拒絕：「不用不用，我聽我朋友說了，確實是COCO突然撲過去的。」

「確實應該賠錢，妳別跟我推了，小女生長得挺霸氣的，怎麼囉囉嗦嗦的呢，給妳錢就拿著。這個是我的電話號碼，有事再打電話給我，我姓柴。」

「哦、哦，好的。」許昕朵被這個女孩的氣勢鎮住了。

女孩給完錢就牽著狗離開寵物醫院，許昕朵才想起打電話給童延，通知他自己找到狗了。

沒多久童延就浩浩蕩蕩地來了，進來指著COCO劈頭蓋臉地開罵：「你小子翅膀硬了是吧？平時你都自己叼著狗繩，結果這次跟著小母狗就跑了？」

許昕朵不由得好奇：「你怎麼知道是小母狗的？」

「牠最近看到小母狗就激動，好幾次了，不過跟著跑還是第一次。我今天在長椅上坐一下，讓牠在草叢裡自己玩，反正社區裡也沒什麼人，結果牠跟著小母狗狂奔，我都沒追上！」

許昕朵心疼的摸了摸 COCO 的頭：「唉，我們 COCO 也長大了，第一次鼓起勇氣搭訕，結果被人家女孩子揍了，也是挺慘的。我們 COCO 多帥啊，怎麼就沒有小母狗喜歡呢？要不要媽媽買一隻小母狗陪你玩。」

童延拎著 COCO 的爪子，查看 COCO 的傷勢，聽到許昕朵自稱媽媽，心情突然好了不少。

童延起身詢問，得知醫藥費已經付過了，不過需要帶著 COCO 來複診。

童延拿了一張這裡的名片就帶著 COCO 離開了。

離開時只能童延和 COCO 坐車，許昕朵騎著摩托車回去。

到了童延的別墅裡，許昕朵將書包扔在客廳的沙發上，走上樓，到童延的房間。她在衣帽間脫掉牛仔褲隨便丟在一旁，在童延的衣櫃裡翻找睡衣。

上午工作，下午參加比賽，又騎車一家一家店跑，許昕朵有點累了。

現在到家裡她只想躺下休息一下，睡一覺恢復過來再說。

童延站在她身後看著，目光在她兩條長腿上打轉，順手把門反鎖了。接著朝著許昕朵走過去，從她的身後抱著她，突如其來的擁抱，使得她的身體直接靠進衣櫃裡。

就在童延耍流氓的時候，COCO 突然過來咬住童延的袖子，讓他的手從腿上移開，像在保護許昕朵。

童延特別不爽地問 COCO：「你都可以去撲小母狗，憑什麼不讓爸爸撲媽媽？啊？你們這種單身狗是不是見不得別人好？」

COCO 也不管童延說什麼，一直咬著童延的袖子不放。

童延嘆氣：「你找不到小母狗，就不讓我找女朋友是不是？COCO 我告訴你，我完全可以為了耍流氓和你斷絕父子關係。」

話音一落，童延就被許昕朵一腳踢出老遠，童延扶著牆才勉強站穩，且險些撞到 COCO。現在 COCO 受傷了，活動不算太方便，躲童延的時候非常狼狽。

童延站穩之後也不走，靠著牆壁繼續耍無賴，雙手環胸看著許昕朵換衣服：「這是我的房間，我沒理由離開，我就要在這裡。」

理直氣壯，明目張膽。

許昕朵回頭看了看童延，本來冰冷的眼睛，此時更是帶著不屑。她冷哼了一聲不理他，繼續找睡衣。

找到睡衣之後拿出來，先套上睡褲，隨後將校服裙子從褲子的外側脫下來。接著脫掉校服外套，也不管短袖T恤還沒脫，直接套上睡衣。

童延剛要開口問，就看到許昕朵在睡衣裡縮起手臂，在睡衣裡折騰了一下，就把短袖T恤和內衣都丟了出來。

這是許昕朵這段時間裡當模特兒，沒有換衣服的條件時鍛煉出來的本領，只要給她一個外套，她能短時間內不走光地換完全身的衣服。

她拿起自己的衣服整理到一旁，送去給傭人洗。

回到房間後她用髮箍固定好頭髮，去童延的浴室洗漱。

童延跟著她到洗手間門口，不爽地說道：「妳不能這樣啊……」

「我這樣挺好的。」許昕朵走到洗漱檯前，看著上面的洗漱用品說道，「能不能買一批女孩子能用的？我每次都是用你的。」

「我一個單身漢，浴室裡放著女孩子的洗漱用品算怎麼回事？」

又來了。

許昕朵不管了，打開水龍頭調整水溫打算洗臉，童延趕緊攔住她。

他走進浴室打開櫃門，拿出一個袋子打開，裡面都是女孩子用的洗漱用品，還有一個粉色的電動牙刷。

給她東西的時候，童延依舊在嘴賤：「喏，幫妳準備好了，我絕對是備胎裡最優秀，最任勞任怨，最無怨無悔的那種。」

許昕朵笑著接過來，又看了看童延買的護膚品，絕對是問過尹嫿後選擇的，並沒有踩雷。

她對童延說道：「好了，你可以出去了。」

「我不走，我就願意看我姑奶奶洗臉，我姑奶奶放屁都是香的。」

許昕朵被他弄得有些無可奈何，只能繼續洗漱，洗漱完畢聽到童延嘆氣：「唉，答應過陪我，結果週末工作、比賽、找狗，又在換衣服和洗臉上面浪費了足足二十五分鐘了。」

「之後我們還會在吃飯上面浪費時間。」許昕朵說著開始塗護膚品。

童延又不高興了。

童延跟廣大男性同胞有些不同，許昕朵知曉的戀人裡，大多都是男孩子去哄女孩子比較多，她和童延在一起，反而是她哄童延比較多。

好吧，她在等合約，她理虧。

他悶頭跟著許昕朵一起下樓，兩個人坐在餐廳裡，傭人很快送來晚餐。

晚餐並不算豐富，但也做得精緻。家裡的廚師是特聘的，無論是擺盤還是賣相，都是酒店級別的。

加之童家注重餐桌的儀式感，盛菜的器皿極為考究，隨便的勺子、叉子都是根據人體工程學設計的，純手工製作。

等傭人都離開之後，許昕朵用叉子捲了一糰義大利麵，餵到童延的嘴邊。童延看了一眼麵，又看了許昕朵一眼，勉為其難似的張嘴吃了一口。

許昕朵突然驚訝地說：「天啊，我的備胎吃飯的樣子也太帥了。」

童延又被哄好了，就是這麼沒有原則。

他坐在椅子上笑了許久，這口麵好半天沒吞下去。

兩個人一起吃飯的時候習慣性的不太說話，許昕朵抬起腿來，將自己的腿搭在童延的膝蓋上，模樣大大咧咧的。

童延看了一眼完全沒在意，只是繼續吃飯。

吃完飯，他順勢將許昕朵抱起來，直接抱著上樓進了自己的臥室。

許昕朵原本是打算睡一覺的，可是童延這麼撒嬌，她也不得不陪一陪童延。

童延可憐兮兮地說道：「現在小太陽只能陪我一個晚上了，我們做點什麼呢？」

眼神賊兮兮的。

許昕朵看著他微笑，拉著他走進去拿起她的書包，接著從包裡拿出一本書來：「當當當，國中生高分作文一百例！今天晚上，我讀這本書好不好？」

「……」童延面無表情地看著許昕朵，剛剛哄好的童大小姐明顯又不高興了。

許昕朵拽著童延和她一起在牆邊站著，開始繪聲繪色地讀作文給他聽。童延聽得垂頭喪氣的，讀高中的範文也就罷了，結果讀國中的？瞧不起誰啊！

童延生無可戀地聽著，最後往許昕朵身上一靠，妥協了。

結果剛賴在一起一下子，許昕朵的手機就響起了提示音。

童延立即抱住許昕朵，不讓她移動。

許昕朵拖著童延移動位置，從桌子上拿起自己的手機看了一眼，發現是張哥傳來的訊息。

張哥傳訊息問許昕朵：『小邵少爺不是妳的男朋友吧？』

許昕朵覺得這個訊息很奇怪，打字回覆說道：『不是，我們只是普通朋友。』

張哥：『那我就放心了。』

許昕朵：『怎麼了？』

張哥：『平臺那邊有一個妳的影片，點讚還挺多的，有人認出妳了，猜幫妳拿書包的男生是妳的男朋友。我仔細看了看，那個男生好像是妳哥哥？』

許昕朵：『有點複雜，我們雖然是龍鳳胎，但是不同姓。』

張哥：『只要妳沒有男朋友就可以了，外面也有底氣澄清。黎黎雅最近已經在跟我談合約的細節了，這個節骨眼不能出事。』

許昕朵：『好，我知道了。』

童延此刻還掛在許昕朵的身上，看到這句話憋悶得不行，指著手機問：「我是不是要問問邵餘，他們家星娛賣不賣？」

「你只有這麼一招是不是？」

「煩死了！煩死了！」

「我明天要和哥哥合影一張，澄清我們是兄妹。」許昕朵說的時候還在跟張哥傳訊息。

童延鬆開許昕朵，去一旁拿起水杯喝了一口水。

許昕朵傳完訊息後看向童延，說道：「我最近在上升期，抱歉陪你的時間有些少了。」

童延看著許昕朵半晌，最後嘆氣：「別太累了，我想妳陪我，也是希望妳能休息休息，今天很累了吧？早點睡吧？」

許昕朵一直盯著童延的表情看，難以置信地問道：「真的？」

「嗯，真的，我哪有那麼無理取鬧？」

許昕朵聽完真的爬上了床，一天的疲憊在她躺下之後鬆懈下來，使得她躺在床上沒多久就睡著了。童延坐在床邊，手裡拿著許昕朵新買的作文書看。期間覺得無聊了，就輕輕地牽起許昕朵的手來，在她的指尖輕輕親一下。

看一下書，再看看許昕朵沉睡的樣子，童延的眼神逐漸溫柔下來。

她這麼努力了，他也不能停下腳步。

許昕朵在第二天徵得穆傾亦同意後，和穆傾亦一起拍了一張合照。攝影師自然是婁栩。

這一次婁栩拍攝得特別認真，畢竟是要用到正經地方的，特地帶著兄妹二人滿學校轉，最後才選好一處地點，拍攝兩個人的合照。

兄妹二人的表情如出一轍，不笑，淡然地看著鏡頭，兩個人的眼睛給人一種兄妹二人傲視群雄的感覺，好似高山雪，谷中冰。

許昕朵將圖片傳給張哥，讓張哥他們負責修圖，上傳貼文澄清，她就不管了。

等她放學時登錄社群，看到已經有不少的留言和分享了。

她發的貼文不多，除了第一次發的貼文是蹭熱度發的，有一些資料外，其他的貼文留言、分享多半只有三位數。

這一次的留言和分享難得的破千了，都是在誇穆傾亦的顏值。

穆傾亦的顏在男生裡確實是一頂一的，和許昕朵有八分像，都是清冷的模樣，高級臉，三白眼。

這種顏值出現之後引起驚呼，所謂的冰山校草形象就是這樣的吧！

#顏值兄妹#

#這一家人的顏值逆天了#

#這是偶像劇的校服吧#

大多都是此類的言論。

許昕朵正在翻留言的時候，張哥傳來訊息：『朵朵，妳能請假嗎？黎黎雅那邊要再面試妳一次，就在明天上午。』

許昕朵：『好，我可以請假。』

張哥：『早起吧，公司安排老師對妳臨時培訓。記得不能上妝，洗個頭就行了，不用做髮型，或者隨便用離子夾夾一下。面試相片我們會準備，明天我會開車去妳的住處接妳。』

許昕朵：『好的。』

星娛對許昕朵的定位還是挺高端的。

許昕朵聽說很多模特兒，都因為沒有好的工作可以接，淪落到做直播帶貨。

這種直播帶貨都是「下沉市場」，屬於中低端，利用折扣的優惠來吸引看直播的網友購買，到最後總會吃力不討好。

往往這種低端消費群體的不滿也是最多的，連帶著也會影響到模特兒，拉低模特兒的身價，還會為模特兒招來罵評。

比如說：這位模特兒總是幫劣質商品代言，看到這個模特兒就有一種土氣。

許昕朵從一開始就是走比較高端的路線，代言不會輕易接，網路商店的模特兒工作也沒有接，就是怕影響之後的路。

公司現在主要的奔頭就是先和黎黎雅簽約，工作一陣子後看後續的發展。只要和黎黎雅雜誌合作，就能夠看出許昕朵真正的帶貨能力了。

到暑假，許昕朵就要開始走秀了。

♫

翌日。

許昕朵起了一個大早，洗漱完畢之後只塗了乳液等基礎護膚品，隨後認真地檢查自己帶的物品。

確定準備妥當之後，她做了幾次深呼吸，走出家門上了張哥的車。

專門幫許昕朵培訓的老師已經在車上了，在許昕朵上車後跟許昕朵說明一些要領，還有注意事項，是專門針對黎黎雅這家雜誌喜好的。

由於時間緊急，老師只能挑重點直接講解。

許昕朵本來就是學霸，記憶力驚人，老師說的很快就能記住，老師也覺得教她非常省力。

到了場地後老師幫許昕朵準備服裝，讓許昕朵換上，同時說道：「也有可能會要妳的資料，或者他們自己量，甚至是確定妳胸部的位置，不要太驚慌，正常流程。」

「嗯，我明白。」

公司幫她準備的衣服非常簡單，黑色非常素的短袖T恤，比較修身，還有一件黑色的短裙，一雙黑色的高跟涼鞋。

如今她已經能夠駕馭高跟鞋了，就算走秀也沒有問題。不過穿久了還是會不舒服，在等待的時候她不會將鞋帶綁上。

許昕朵經歷過幾次面試了，有一定的經驗，按照流程走就行。

這一次已經是最終的選擇了，來面試的人並不多，一共只有五名模特兒，其中有曾經合作過的Evalyn，上一次她也落選了，聰明反被聰明誤。

許昕朵對她的印象並不好，連招呼都沒打。

Evalyn的經紀人看到許昕朵突然驚呼一聲：「哇，許昕朵真人果然更漂亮一些。」

Evalyn的臉瞬間黑了。

許昕朵覺得很奇怪，感覺這個經紀人多半有病，於是默默的離他很遠。

張哥也覺得這位的舉動很奇怪，下意識護著許昕朵，生怕尚空會來挖牆腳，他好不容易帶到一位有潛力的，必須護住。

經歷幾輪面試，雜誌這邊依舊沒有最終敲定下來，還要準備做一輪加試。

加試的只有許昕朵和 Evalyn 兩個人。

雜誌社開始為加試做準備，工作人員來回進出辦公室，都在商量，或者是遞交資料，商議加試內容。

時間已經接近中午，其他工作區域都已經進入午休時間，只有這裡還處於緊張的氣氛之中。張哥坐在許昕朵的身邊，緊張得手心都是汗，卻在一次次地叮囑許昕朵不要緊張。

許昕朵在等待期間閉目養神，身體靠著椅背，正要休息的時候突然察覺到不對。

耳邊響起老師講課的聲音，似乎還能聽到翻書的聲音。她豁然睜開雙眼，看到自己坐在教室裡，抬起手看到修長的手指，以及校服褲子。

她再看看周圍，自己坐在童延的位子上，桌面上工工整整地擺著手機，手機螢幕還是聊天畫面。

是和她的聊天畫面。

她之前跟童延說，面試結束有結果了就傳訊息給他，之後童延便一直沒有再傳訊息了。

現在看來，童延應該一直盯著手機等著她傳訊息，也對她這次的面試十分緊張。

不過這個時候換過來，真的有點恐怖。

手機螢幕快速出現文字，她的頭像下快速傳過來透漏著芬芳的文字。

許昕朵：『！！！』

許昕朵：『靠！』

許昕朵：『換不回來嗎？一點也感應不到妳！』

許昕朵拿著童延的手機打字問：『你剛才在想我嗎？』

那邊很快回復：『肯定在想啊，一直在想！』

她繼續問：『我們第一次強制互換，是你在游泳我考試的那次，你想我了嗎？』

他回覆：『好像在想，想妳在那邊幹什麼，有沒有被欺負什麼的，然後就突然換過來了。』

她終於抓到重點：『我發現我們每次交換的契機都不一樣，但是似乎都在想對方。』

他：『可是為什麼呢？為什麼呢？有一段時間沒這樣了啊。』

她打字回覆：『可能因為現在互相喜歡了？』

他：『我那陣子就喜歡妳了？哦……可能是。不過現在怎麼辦啊？按照每次強制的時間，我們短時間會換不回來，現在我要替妳面試嗎？』

她回覆：『恐怕是的，你別緊張。』

往常為了避免露餡，許昕朵都會學習童延會的東西，童延也會順便學一學許昕朵會的東西。然而許昕朵來了這邊之後，兩個人互換的次數少了，也少了這個必要，總覺得對方就在身邊，沒什麼問題。

現在問題出現了，還挺嚴重的。

許昕朵看著手機也有些緊張，心口突突直跳，她還挺在意這次機會的，不想錯過，又不敢和童延說得太嚴重，不然會導致他有壓力。

剛好這個時間下課鈴聲響起，許昕朵立即拿起外套朝班級外面走。

已經到了午休時間，學生們大批地往餐廳走，或者有些走向欄杆，顯然是訂了外送要去取。

許昕朵走到牆壁旁，利用童延的身體跳牆果然毫無阻礙，十分輕鬆地就躍了過去。

她叫了一輛車朝著面試的場地過去，這種情況還是先匯合比較好。

車子在大廈樓底下停下，許昕朵快步朝裡面走進去，同時傳訊息給童延，通知她已經到了樓下。

童延那邊一直沒有回覆，應該是硬著頭皮去幫她去進行最後一輪加試了。

這時童延不用等訊息了，他比許昕朵先知道消息。

黎黎雅雜誌在這棟大廈的其中三層，需要刷卡才能上樓。

許昕朵現在上不去，就只能坐在一樓大廳的沙發上等待，抬起手來下意識地咬指甲，多少有點緊張。

這時大廳裡一陣騷動，許昕朵扭頭看過去，看到了熟悉的人——陸錦佑。

陸錦佑進門的時候在跟粉絲打招呼，身邊的團隊幫他擋住記者。

他走進來快步朝裡走，走到一半朝許昕朵看過去，腳步霎時一頓，隨後扭頭看向身邊的人。許昕朵看過相片，依稀認出那個人是喬念——傷過童延的人。

喬念被看得一愣，順著陸錦佑的目光看向許昕朵，又是一愣。

喬念也是步入中年的年紀，他當年比尹嫿還大三歲。加之坐過牢，操勞的事情也多，臉上多了幾分滄桑，明顯有了年紀留下的痕跡。兩鬢出現幾絲白髮，眼角有著細細的紋路，或許是因為他是一個不苟言笑的人，嘴角總是向下抿，有些紋路。

陸錦佑調整一下表情，竟然朝著許昕朵走過來，主動打招呼：「童大少爺，好久不見。」

他們見過？

童延從來沒提過，她到童延這邊後也沒見過陸錦佑。

這個時候該怎麼應對？

許昕朵看著陸錦佑，反而符合童延應該有的反應，陸錦佑意外的是童延這次居然沒罵人。

陸錦佑指了指電梯說道：「要不要上去坐坐？」

許昕朵看了喬念一眼，隨後冷淡地回答：「我怕我不能活著出來。」

陸錦佑也不執著，笑著嘆氣：「唉，好，拜拜，幫我跟尹阿姨問個好。」

陸錦佑回答完，就帶著自己的團隊浩浩蕩蕩地上樓了。

許昕朵繼續坐在沙發上，無聊的時候看著一樓大廳的牌子，看看還有什麼公司，對照陸錦佑上樓的樓層，他們似乎是去拍攝劇照了。

許昕朵拿出手機想傳訊息給童延，想了想後還是忍住了，童延在班級裡的時候應該也是她此刻的心情，抓心撓肝的想要知道結果，卻不能去打擾。

就在許昕朵等待的時候，喬念一個人從電梯裡走了出來，坐在許昕朵對面。

許昕朵看到喬念的一瞬間震驚了，這個人居然還好意思出現在這裡？他哪裡來的勇氣？怎麼有臉？

喬念坐下之後打量著童延，隨後說道：「留疤了？刺青看起來還不錯。」

許昕朵氣得緊握著沙發扶手，才能讓自己不至於出手傷人，啞著嗓子問：「要不要我也在你身上割一刀，你也刺個青，說不定還挺別致。」

喬念揚眉，隨後扯起自己的袖子給許昕朵看，說道：「你當你爸是什麼好人？我劃了你一刀，他想方設法在這幾年間劃了我十多刀，什麼地方都有。還特別折磨人，一個刀疤剛好，再來下一個……」

喬念說話的時候還在笑，不過看得出來，他這些年間都過得生不如死。

許昕朵看了喬念身上的疤痕一眼，突然閉了嘴。

她還是狠不過童瑜凱。童家人有誰是小白兔呢？

喬念撐著臉看著許昕朵問：「你爸媽這些年感情還是不好，是不是？」

「你管得著嗎？」

「不是童瑜凱讓我破產的。」

「……」

「童瑜凱那陣子懶得理我，我找他拉投資他沒有投，甚至說一句話就能讓其他人幫我，他也不說。搶了我的女人，還對我見死不救，我就說了一些有的沒的。加上童瑜凱本來就不是好人，尹嫿信了，覺得童瑜凱為了她不擇手段。」

許昕朵知道，童瑜凱當時和喬念之間的關係很複雜，童瑜凱甚至有些不厚道。

童瑜凱追尹嫿追得大大方方的，根本不在意尹嫿和喬念在地下戀。他應該是知道那兩個人關係的，卻裝成不知道，送花，約她吃飯，為她投資電影、電視劇。

童瑜凱一開始只是一個投資方，投了不少錢，過了一陣子尹嫿才知道這件事情。

而此時喬念和童瑜凱之間的利益鏈已經很深了，一時間無法斷掉。

童瑜凱明目張膽的追求，喬念起初都忍著了，只要童瑜凱繼續投資就可以了。

尹嫿直言童瑜凱是自己的前男友，她不想復合。喬念卻表示他是為了尹嫿好，希望尹嫿可以多接一些戲。

這是尹嫿和喬念出現矛盾的點。

許昕朵能夠看到的八卦，分析過後知道的細節也只有這麼多了。

後期童瑜凱是怎麼力挽狂瀾的，許昕朵也不知道。在她看來這就是一個死局，尹嫿不討厭童瑜凱才怪，怎麼就結婚了呢？

許昕朵不由得困惑：「你對我說這些做什麼？」

「我只對你說，因為我對你有愧。」喬念說著用手指撓了撓臉頰，朝著大門口看過去，嘴裡繼續說著，「我那陣子瘋魔了，曾經擁有全部，結果一瞬間又一無所有，心裡只有一個念頭，我不好，你們都別想好。」

這種瘋狂，和穆傾瑤倒是有著異曲同工之妙。

許昕朵看著喬念，突然笑了起來，接著說道：「你好像並不瞭解你的前女友。」

喬念對於她的反應覺得很奇怪，問道：「怎麼？」

「她是一個很聰明的女性，你說的那些調查一下就可以了。」

「所以我製作了很多證據，足夠她相信。」

許昕朵繼續搖頭：「並不是，如果她真的信了，按照她的脾氣會和我爸離婚，而不是鬧這麼多年的矛盾，互相折磨。要麼，是她根本沒有那麼在意你，要麼，是她根本沒有被騙。」

喬念聽完微愣，隨後自嘲地笑了起來。

許昕朵繼續說：「而且我的父母並非感情不好，他們兩個人只是相處的方式很特別，聽說早年我爸爸很黏人，被甩過一次，之後改了方式，給她足夠的個人空間。說到底，這是屬於他們兩個的情趣，然而在娛樂記者的眼裡，這就是夫妻感情不和，媒體不是最喜歡爆嫁入豪門女性婚姻不幸的新聞嗎？」

喬念看著許昕朵，再也沒有出聲。

許昕朵歪著脖子，指著脖頸上的刺青：「你對我們家而言，只是無足輕重的狗東西而已，唯一的記憶是這個疤痕，看到之後有點氣，其他沒什麼了。一直都在耿耿於懷的，只有你一個人。」

如果不是在尹嫿那裡住過一段時間，或許許昕朵也沒有底氣說出這些話來。

在知曉這些八卦後，許昕朵最近這段日子裡總會觀察尹嫿和童瑜凱。她發現這兩個人的關係並非不好，反而感情挺好的，只是相處模式讓人難以理解而已。

再跟家裡傭人打聽一下，許昕朵終於確定了，童瑜凱恨不得將自己的別墅平移到尹嫿的別墅旁，中間連走廊，他直接就能過來。

喬念低垂著眼眸，最後才低沉地說了一句話：「我很愛她，愛到要發瘋。」

「你不配。」

「對，我不配。」喬念又看了許昕朵一眼，隨後說道，「非常抱歉，我這些年內心也十分煎熬。」

「並不是所有的道歉都會得到原諒。」

「你說的對，我也只是說說，先走了，再會。」

喬念起身離開，重新進入電梯裡，來時步伐還很瀟灑，走時卻像一個敗兵。

許昕朵只是冷漠地看著，隨後繼續坐在椅子上等待。

大約十分鐘後，童延終於回覆了訊息：『面試過了，老子幫妳拿下了，我真厲害。』

她打字詢問：『最後一輪加試是什麼？』

童延並沒有回覆，十幾分鐘後和黎黎雅的主編一起從電梯裡走出來。童延朝她看了一眼，隨後招了招手。

她立即懂了，主動走過去跟黎黎雅的主編打招呼。

黎黎雅的主編驚訝地問道：「尹嫿的兒子吧？你怎麼在這裡？」

「哦，我同學在妳這裡面試，我們打算一起回學校。」

黎黎雅的主編很快懂了，說道：「那朵朵和童延一起回學校吧，合約細節我和小張一起談就可以了。」

張哥看著許昕朵半天，想問不敢問，就只能看著他們兩個人一起離開。

兩個人離開的時候童延還在抱怨：「妳怎麼不綁鞋帶啊？我去面試的時候綁鞋帶綁半天，還被一百八的那個女的嘲諷了。」

「最後一輪加試是什麼？」

「就是坐在一起聊聊天，他們出題問，我回答，讓我做什麼職業暢想，還有規劃，我就說唄，說著說著就跑題了，我還能繼續說，最後他們說非常欣賞我的自信。」

許昕朵聽完直捂臉，這是童延能幹出來的事情。

許昕朵隨後說了遇到喬念的事情，還說了兩個人的說話內容。

童延聽完一愣：「分開住是情調？」

「嗯，你試想一下，你因為太黏人被我甩了，之後千辛萬苦才把我追回來，你是不是也會給我個人空間？」

童延聽完瞬大了一雙眼睛：「許昕朵妳渣不渣啊？還沒跟我在一起就跟我談分手了？」

許昕朵趕緊解釋：「我只是舉一個例子！」

童延捂著耳朵：「我不聽！這種例子我不聽！妳再舉這種例子，我現在就衝回學校，用妳的身體見誰跟誰說，我喜歡童延，我愛死他了！我為他瘋為他狂為他不認爹和娘！」

第三十章　繁花之路

許昕朵回去的路上收到張哥傳來的訊息，童延將手機遞給她，讓她自己回覆。

張哥：『妳和尹嫿的兒子是什麼關係？』

許昕朵：『目前是同學關係。』

張哥很敏銳地抓住了關鍵字：『目前？』

許昕朵：『對。』

張哥：『和黎黎雅的合約是三年的，我們恐怕需要重新擬定合約，畢竟妳在我們這裡的合約只有不足半年了，兩個合約有點衝突。』

許昕朵：『可以啊，不過續約後不能戀愛這條需要去掉，還有一些條款我們再商量一下。』

最初簽約的時候，合約非常合適，非常照顧許昕朵這個新人。

不過現在許昕朵也算是有些資本了，自然能再談更合理的條款。

之前公司說起過，如果許昕朵願意續約，公司會安排一個小團隊給她。之後她會有自己的私人司機、助理、造型師等等。

在一個模特兒只是附屬部門的公司裡，能混到這種程度非常不易，她都快有模特兒部門一姐的待遇了。

許昕朵的想法是讓德雨跟著公司領薪水，這樣她也能少一筆開銷。初期的助理和造型師也可以非她一個人的，甚至不用固定人選。只要她有工作的時候跟著就行，畢竟她大部分時間還是會在學校，等到了大學了再開始忙碌也不遲。

公司也都同意了，只要許昕朵肯續約。

張哥：『這是自然，那個時候妳也成年了，不會太約束妳這個，不過如果公開的話還是希望妳能和公司商量一下，讓公司準備一下。』

許昕朵：『好的，可以。』

張哥：『好，我和主編聊完之後，回公司擬定續約合約給妳。』

許昕朵：『如果近期續約，是不是我近期就可以取消戀愛束縛了？』

張哥：『妳戀愛……等成年後……的……行嗎？』

許昕朵：『好吧，我再忍忍。』

張哥：『和尹嫿的兒子？』

許昕朵：『嗯，就是他。』

張哥：『長得是挺帥的，不過小心渣男啊。』

許昕朵：『沒事，他敢渣我就揍他。』

張哥：『那我去聊合約了。』

許昕朵在近期簽約了兩份合約。

一份是和黎黎雅的合約，她成為了黎黎雅雜誌簽約模特兒，每期都會讓許昕朵拍攝一些服裝、妝容、鞋子的相片。

當初黎黎雅第一次拒絕許昕朵，就是因為許昕朵的時間十分特殊，她還是學生，要上學。到了大學後還不在本地，他們需要配合許昕朵的時間，在其他城市租用臨時拍攝場地。

最後加試猶豫也是因為如此，Evalyn 比許昕朵自由，她已經輟學了。

但是當許昕朵和 Evalyn 坐在一起後，他們觀察這兩個人的行為舉止，以及之前的臺步，身材細節，都覺得許昕朵更出眾。

許昕朵的氣質是渾然天成的，是多年積累下來的，自然、脫俗，甚至帶著點年少的傲氣。侃侃而談時表情聲動，自信從容，很是有趣。

主編覺得許昕朵可以模特兒偶像化，因為有偶像特質，卻氣質清冷，與大潮流不同。他們抓潮流很厲害，知曉過一陣子許昕朵這種形象的女孩子肯定會興起，只要有好的資源，好好培養，許昕朵未來的路很長，很廣。這種女孩子可以為他們帶來利益的最大化。

再加上許昕朵身後的背景，讓她會有更好的發展，這也是潛在的原因。

當然，許昕朵的自身條件、氣質都是他們喜歡的，其次才是看中了童家的照顧。

如果許昕朵自身不夠優秀，就算童家硬推他們也不要。

決定了之後，許昕朵成為了黎黎雅雜誌簽約模特兒裡，最特別的存在之一。

接著，許昕朵又簽了和星娛的續約合約。

合約裡對許昕朵高三的照顧很多，除了那份代言和黎黎雅的工作，其他都不會再幫許昕朵安排了，重頭工作也會等許昕朵大學後再安排。

對此童延也沒有拒絕，畢竟許昕朵不可能到他的手底下打工，不可能去尚空。那就讓她留在星娛吧，星娛也挺重視許昕朵的。

續約後，合約裡沒有不能戀愛的條款了，只不過許昕朵口頭答應，會在成年後再戀愛。

童延開始盯著日曆撓牆。

他這輩子恐怕沒法早戀了，政策實在是太嚴了！

♫

許昕朵走秀那天，童家一家三口都去看了。

秀場自然非常願意邀請他們一家三口，他們坐在那裡，顯得這次的秀非常重量級。

童瑜凱很不喜歡看秀，主要是看的時候座位特別不舒服，他很討厭這樣的地方。

童延和尹嫿一直在聊天，等到秀開始了兩個人同時安靜下來，一起等待許昕朵。

許昕朵的順序比較靠後，因為她是新人，安排在這裡也是自然。

尹嬧拿著手機，錄下許昕朵走秀全程，有種家長興奮錄下剛剛學會走路的孩子影片的感覺。

童延坐得端正，看著許昕朵的時候他也跟著緊張。不得不說許昕朵表現得不錯，全程走得很穩，氣質突出，服裝也不算最怪異的，一切都沒有任何問題。

童延看著許昕朵，發現她並沒有緊張，只是全程都沒看向他們，直接走了過去。

他扭頭跟尹嬧抱怨：「她都不看我。」

「別說話，你的聲音都錄進去了。」

「她都走進去了。」

尹嬧把影片錄製關了之後對童延說道：「這叫專業，你爸爸在旁邊看著的時候，我照樣拍戲。」

「聽說我爸回來後氣哭了？」

「……」尹嬧再沒說話。

走秀結束後，許昕朵終於能和童延他們見面了。

許昕朵快步走過來，童延都準備好迎接她了，結果她直接撲向尹嬧，說道：「媽媽，我剛剛緊張死了。」

尹嬧趕緊安慰許昕朵：「媽媽完全沒看出來妳緊張，表現得很好。」

「那就好。」

許昕朵說完，扭頭看向童瑜凱，客氣地說道：「童叔叔好。」

童瑜凱：「……」這個稱呼能不能改改？

一家四口去吃飯的時候，童瑜凱在尹嫿和童延點菜的時候小聲問許昕朵：「妳是怎麼做到的？」

「什麼？」許昕朵覺得很奇怪。

「他們兩個人都不太好交往，這麼短時間內妳是怎麼搞定的？」

「其實時間並不短。」

童瑜凱微微蹙眉，看著菜品端上來後，童延將醋遞到許昕朵面前。

他看著桌面上的菜，再觀察這兩個孩子分別愛吃的。

看了半晌後，童瑜凱都要說髒話了，到底是怎麼一回事？什麼都看不出來！

童瑜凱被氣得食欲全無。

♫

許昕朵在黎黎雅雜誌上了三期雜誌，第一期是後面的位置，第二期相片變多，直接在前幾頁重彩的位置做最主要的模特兒。

三期雜誌後，許昕朵帶貨能力立顯。

第一期許昕朵拍攝的服裝銷量明顯比其他模特兒的銷量好一些，這可以說許昕朵穿著的衣服都很好看。第二期後，他們終於確定了許昕朵的帶貨能力。

畢竟每個模特兒都拍了很多組服裝，還有新款化妝品的上妝圖，所有資料綜合下來，還是許昕朵的帶貨能力強一些。

第三期許昕朵成了雜誌的主推。

此時，高三已經開學。

許昕朵就算如何自信，到了高三還是辭去晚間的拍攝，只在週末兩天配合雜誌社拍攝。

高三後，她也開始住校了。

她這個時間開始住校，剛好之前的高三學生已經畢業，讓許昕朵進入不錯的單人寢室。

這間寢室明顯被之前的學生後期裝潢過，房間裡的乳膠漆是深色調的，桌子和床是訂製的，浴室裡的蓮蓬頭換過，馬桶都是電動的，看起來和童延一樣嬌貴。

婁栩來許昕朵寢室時八卦道：「因為學校男女生的比例變了，男生宿舍和女生宿舍對調過。之前男生住宿舍都這麼精貴，肯定是個小公主性格，妳說會不會是印少臣那種人？」

許昕朵覺得挺好的，她算是撿漏了，住起來也更舒服。

時間到了許昕朵和童延的生日。

穆傾亦和許昕朵這邊已經不準備大辦了，畢竟穆家已經落寞了。

童家那邊的成人禮卻是要大辦的，這種意義完全不同。童家要確立童家繼承人，讓很多人知道，童家獨子今天就要成年了。

以後，童延會是童家重點培養的繼承人。

這一天童家一改之前的風格，邀請了很多人，場所也布置得頗為隆重。

以前童延過生日，只會邀請小部分人來參加，大都是童延的好友，其他人想去都去不了。

這一次則是大擺宴席，很多被邀請的人都樂呵呵地參加。就連穆父都被邀請了。

此時穆父的傷已經養得差不多了，穆家的公司徹底不歸他了，他也沒有立即工作，總是不死心的想要東山再起，給其他人看看他還是有實力的。

可是拿著手裡的那點錢，只能租一個不算好的房子，想要投資卻看什麼都不穩妥。

他也不敢輕易把最後一筆錢投出去，決定做得十分慎重。這一次被邀請他本來是不想來的，不想昔日老友看到他落魄的樣子。

可是想到能再求求童家人，或者在這裡也許能遇到什麼商機，還是硬著頭皮來了。

穆母和穆傾亦自然也被邀請了，他們原本只打算在租用的民宿裡臨時過一個溫馨的生日而已。被邀請了，加之童家對他們的幫助還挺大的，他們一家三口也去了。

許昕朵今天的禮服是訂製的，尹嫿早就為她準備好了，重工的程度彷彿她是今天的主角。一身禮服就已經價值百萬了，加上首飾更是價值連城。

她這段時間本來就練習過走秀，並且有了走秀經驗。穿著禮服走路的時候氣勢驚人，入場後不少人多看她幾眼。

她正值韶齡，一頭長髮盤起，有一些碎髮在兩鬢，微微捲著，有了些許活潑。冷豔的面容盈盈一笑，彷彿綺麗的花綻放。

這種高挑的身材，尤其適合穿禮服，整個人高貴得好似神聖不可侵犯的仙女。

周圍有竊竊私語的聲音，不少人朝許昕朵看過去，小聲說著她的特別。

她本是穆家的真千金，現在卻成了童家的養女。不過知曉內情的人都知道，她與童延的關係非同一般。

這種正式的場合，許昕朵這般隆重的來了，怕是關係要更加親密。

一家三口入場後不久便遇到了穆父，他們都不想理他。

童家怕因為收購了穆父的公司，怕事後落人口舌，不得已邀請穆父，沒想到他真的會來。

穆父看到穆母後，依舊想要糾纏穆母，走過來跟穆母交談，讓穆母煩不勝煩。

「茵尋，再給我一個機會好不好？」穆父拉著穆母的手腕說道，「我最近一直都在尋找商機，如果有機會了，一定能東山再起。」

「別再糾纏我了，你的問題根本不在事業上。」穆母收回手，被穆傾亦護在身後。

穆傾亦低聲說道：「我們不要在這裡出醜，不然也不利於你尋找商機。」

這算是說在穆父的軟肋上了。

「不是說童家會娶朵朵嗎？也沒看童家安排人來專門接待你們，這並非親家的待遇吧？」穆父不再糾纏後，還是忍不住說幾句不好聽的。

穆傾亦不想理會穆父的酸言酸語，打算帶著許昕朵和穆母離開。

就在此時，迎面走來了另外幾個人，為首的是童延，他的身邊跟著魏嵐。

童延的個子很高，寬肩窄腰大長腿，穿著今天的訂製禮服將身上的優點全部展現出來。他走路時帶風，腿長速度快，帶著獨有的颯爽。一雙劍眉，眉峰顯出了他的淩厲，一雙眼眸幽深得彷若深潭，吸進了蒼穹浩瀚還有星河燦爛。高挺的鼻樑微薄的嘴唇，下巴以及恰當好處的下顎線。

他的氣質是冷峻的，不容侵犯的，帶著少年的淩厲。

然而一切都是那麼順理成章，好似他本該就是這樣。

天之驕子就該如此。

他來時還在跟魏嵐說話，吐槽著會場人多讓他十分煩躁，看到許昕朵心情才好了一些。

「許昕朵，做我女朋友吧，雖然你們家小門小戶的……但是妳漂亮啊。」童延突然朝著許昕朵這樣說道。

童延果然等不及了，多一分，多一秒都不行。

他昨天都在家裡忙，告訴他生日會的流程，安排稿子讓他背誦，搞得他都沒有時間來找許昕朵。

剛剛得知許昕朵來會場了，童延立即走了出來，單獨迎接她，第一句就是這個。

魏嵐嚇得看向穆母，心裡忐忑到不行，要不要這麼誇張？家長也在呢。

再看看周圍，剛剛來的賓客都在周圍，看到童延都想過來打招呼，朝這裡聚集了過來，剛好全都聽到了這句話。

他們有點尷尬，不知道該不該繼續向前，都看向了許昕朵，想要看看許昕朵的回答。

許昕朵微笑回答：「好啊，我確實想爸爸、媽媽了。」

沒有多浪漫的告白場景，甚至沒有糾結，她直接答應了。

只要沒有其他的限制，她恨不得立即和他在一起，就此白頭，直至耄耋之年。

魏嵐聽完汗都流下來了。

厲害，二位真是厲害。這麼快就改口了，果然不是一家人不進一家門。

魏嵐看著童延朝著許昕朵走過去，在她嘴唇上親了一下之後說道：「我這邊還有事，我讓魏嵐安排你們。」

說完朝著穆母和穆傾亦說道：「媽、哥，我先去忙了。」

穆母與穆傾亦：「……」

童延今天真的很忙。

童瑜凱安排他去見公司的股東、各個分公司的主要負責人，這一次見面童延就要記住這些人，還要跟這些人交談，盡可能熟悉下來。

這對於他未來接手公司有幫助。

童家的產業很雜，分公司多，股東也多，光這些人就有百來號，有些還帶了家屬來，童延見得直頭疼。

最讓童延覺得無奈的是，總有人跟他介紹：「這是我的女兒，他和你年紀差不多大。」介紹十七到十九歲的童延還能忍，但是十五歲的都特別介紹，不覺得很喪盡天良嗎？

童延逃得飛快，要用最快的速度解決這方面的問題，他要這些人知道，他是有主的。

和許昕朵確定關係後，他帶著許昕朵一家三口去了樓上的貴賓席，讓他們先在這裡坐著休息，隨後安排魏嵐幫忙打點。

之後童延又去找童瑜凱，剛到童瑜凱身邊就揉了揉太陽穴，顯然已經開始頭疼了。

劉雅婷在這個時候跑了過來，氣急敗壞地問：「妳和童延談戀愛了？」

許昕朵點了點頭：「嗯，剛才答應他了。」

「他威脅妳了？妳不用怕他，我可以拍平他。」

許昕朵趕緊搖頭否認：「沒有啊。」

「妳沒必要把自己當生日禮物吧？犧牲也太大了。」

「我喜歡他。」

劉雅婷氣得不行，用手掌拍了拍額頭，在不遠處來回踱步。

穆家就這麼看著劉雅婷，乖巧地坐著，沒人打擾她，三雙眼睛整整齊齊地看著她。

魏嵐笑呵呵地說道：「劉小仙女，妳也不必這樣，延哥肯定是要和朵爺在一起的。早晚的事情，只不過是成年第一天就確定關係了而已。」

劉雅婷高聲反駁：「他不配！」

這一嗓子把穆母嚇了一跳。

這個時候生日會正式開場了，童延自然是要上臺說點什麼的。

他打開麥克風後，從容淡定地自我介紹：「大家好，我是童延。」

說著朝著二樓看過去，說道：「順便介紹一下，二樓那個女孩子是我的女朋友。」

在場很多人朝著二樓看過去，那裡站著劉雅婷，還有許昕朵在旁邊，大家一時間分不清到底誰才是他的女朋友。

童延笑得狡黠，拿著麥克風故意戲弄著說道：「劉雅婷，妳往旁邊靠一點。」

劉雅婷突然被點名，簡直就是公開示眾，不情不願地往旁邊挪了挪。

童延再次說道：「再挪挪，擋住我女朋友了。」

劉雅婷氣到不行，直接離開老遠，讓出許昕朵的位置。

許昕朵和童延對視後，童延的眼神瞬間溫柔下來，隨後繼續說道：「那位穿著肉粉色禮服，漂亮得跟個仙女似的女孩子就是我的女朋友，她也在今天滿十八歲。哦……我那個便宜的大舅哥今天也過生日，順便祝他們兩個生日快樂。」

童延等祝福聲結束後，再次說道：「等我們訂婚的時候，我會再邀請你們來參加。」

這一句明顯是開玩笑的調侃，卻很得人心，表示在他到訂婚的年紀，還會和在座的各位保持聯繫。話音一落，引來一群人的掌聲，還有童延的好友起鬨。

童延說完，才正式背誦他的稿子。這場生日宴會多少有些商業氣息，到處都有童家產業的影子。童延身為童家的孩子，這些自然要承受。

他只能利用這種場合，做一些讓他能開心的事情。現在最能讓他開心的事情就是跟全世界宣布，許昕朵是他的女朋友，他的女朋友漂亮死了。

許昕朵面帶微笑地聽著童延演說，默默地拿出手機，傳訊息給張哥：『張哥，對不起，我談戀愛了，他公開了。』

張哥：『？？？』

張哥：『怎麼公開的？』

許昕朵：『生日會上說了我是他女朋友。』

張哥：『哦，那沒事。』

許昕朵：『在場有很多人，還有媒體記者。』

接著，她還傳了一段現場的影片。

張哥：『我按著人中穴回覆妳的，我想想辦法，我等等和藝人那邊的經理語音會議一下。』

這時要跳開場舞。

許昕朵從二樓走下來，璀璨的燈撒下暖色的光，照得少女更加閃耀。童延伸出手，拉著了許昕朵的手，帶著她走到舞池中間。

俊男美女的組合，這樣的兩個人站在一起，是一幅賞心悅目的畫卷。

兩個人在音樂中翩翩起舞，配合得天衣無縫，默契非常。

這女孩並不會怯場，全程自然得體，落落大方。

就算有人覺得許昕朵不適合做童家的兒媳婦，此時也不得不承認，許昕朵氣質絕然，和童延在一起的時候彷彿一對璧人，般配得很。

跳完舞後，童延牽著許昕朵的手走向尹嫿和童瑜凱，期間小聲跟她說道：「我今天會忙到很晚，妳和妳媽媽他們一起回家就可以了，我看妳媽媽不太自在的樣子。我爭取在十二點前去見妳。」

「不用，你好好休息。」

「不行，我必須幫妳過生日。」

「現在不算嗎？」

「現在是妳在幫我過生日，而我，是在參加商業活動，現在我渾身的肉都在抗議。」

尹嫿看到許昕朵後就親熱地說：「朵朵今天真漂亮，你說是不是？」

童瑜凱被問及了才看了許昕朵一眼，隨後回答：「還行。」

童延則是趕緊說道：「好看！超級好看。」

對於童延的捧場，許昕朵超級滿意。

和長輩打完招呼，許昕朵還要配合著和童家人一起合照。

現場的媒體記者很多，對於嫁入豪門的尹嫿，還有童瑜凱，媒體記者都是很感興趣的。

當然，也有很多人關注童延這種豪門星二代，尤其是童延這種顏值，每次上熱門都會引來轟動。

今天童延當眾公開戀情，還一副許昕朵就會嫁入童家的樣子，童家也接受了這位兒媳婦的架勢，自然吸引了媒體的注意力。有人認出了許昕朵，畢竟她是最近風頭正旺的新人模特兒。

這些聚集在一起就是猛料，記者們自然不會錯過拍攝機會。還有記者想要多提問，也都是尹嫿回答得多一些，不久後採訪結束了，畢竟今天不是記者招待會。

許昕朵應對完媒體，和童家三人打了招呼之後才和穆母、穆傾亦一同離開會場。

一家三口去了穆母目前租用的民宿裡。

其實穆母已經去外地裝潢自己的公司了，兩家店一起，她根本沒空回來住。這個民宿留下全是為了方便穆傾亦，讓他能有個落腳的地方，行李有地方放。

今天正好可以在這裡過生日。

穆母特地訂製了兩個蛋糕，一個是哥哥的，一個是妹妹的。

兩個人的蛋糕是完全不同風格的，穆傾亦的看起來十分刻板，巧克力為主體，有領結圖案，看起來很紳士。

許昕朵的蛋糕就要精緻很多，雕花繁複，還有馬卡龍點綴，看起來就是為女孩子準備的。

其實兩個蛋糕三個人根本吃不了，穆母只是想要公平對待，哥哥有的，妹妹必須都有。

穆母在蛋糕上插上生日蠟燭，接著點燃，對兩個孩子說：「許個願吧。」

兩個孩子雙手合十，默默許願。

結束後，兩個人一起吹滅了蠟燭，屋子內陷入黑暗之中。

穆母突然頓住，問道：「燈的開關在哪裡？」

穆傾亦跟著迷茫：「好像是在門口？」

之前是許昕朵去關的燈，她只能站起身來朝著開關走過去，打開燈。

轉過身看到桌面上多了禮物的盒子，許昕朵這才意識到他們是故意的。

她走過來看了看盒子，問：「送給我的？」

穆母說得小心翼翼的：「我也不知道妳喜不喜歡，我精挑細選的。」

許昕朵打開一個盒子，看到裡面是鑰匙。

她拿出來看了看標誌，不由得一驚：「是摩托車？」

穆母立即點頭：「嗯，我看到妳採訪裡說喜歡這種摩托車，我就買了一輛給妳，不過我還是覺得騎車不太安全，妳慢點騎。」

許昕朵十分驚喜。她以前都是騎童延的，這是屬於她的第一輛車，是她喜歡的型號。

還有，她能看出來，穆母肯定買了她參與的所有雜誌，還看了她的影片採訪。

她很快回答：「我喜歡！」真的喜歡。

許昕朵打開穆傾亦給她的禮物，一個粉色的摩托車安全帽。

穆傾亦的選擇，怎麼總是粉紅色的？許昕朵都要懷疑這是穆傾亦喜歡的顏色了。

許昕朵拿著安全帽，看向穆傾亦，穆傾亦低聲說：「注意安全。」

最近穆傾亦的零用錢也不多，能送這個安全帽也十分用心了，許昕朵還挺喜歡的。

「嗯，我其實也準備了禮物。」許昕朵說著拿出一個盒子來，搬得十分吃力，重重地放在桌面上，「我總結了奧林匹克題裡最經典的題型，整理成一疊卷子。然後，這裡還有一套題庫，非常有意思。」

穆傾亦看著這個禮物，沉默了一下說：「挺好的。」

他妹妹選擇禮物的水準，真的沒比他好多少。

穆母看著兩個孩子的樣子，突然笑了起來，說道：「為什麼你們兩個人嚴肅看著對方的畫面這麼好笑？」

兄妹二人同時看向穆母，這有什麼好笑的？他們十分不解，媽媽的笑點真的十分奇特。

許昕朵在穆母這裡住下了，這裡有三個房間，不過穆傾亦只能去閣樓住。在那裡他都站不直，鑽進去只能睡覺，做不了別的。

至於閣樓裝飾的小木馬、球池，穆傾亦通通不感興趣，洗漱完畢，他就直接睡覺了。

許昕朵知道童延會來找她，便沒有休息，洗漱完畢後就坐在房間裡和張哥聊天。

星娛緊急啟動一級戒備，平時公司裡的藝人突然鬧緋聞，或者被黑才有這種陣仗。

公司的模特兒突然有了一線藝人的曝光度，一下子成了熱搜頭條，熱門貼文就有好幾條，還有娛樂帳號介紹許昕朵是誰。

一夜之間，她家喻戶曉，紅出圈了。

小星星哦：『#尹婕兒媳婦許昕朵#這一家四口站在一起的畫面，氣勢真的是絕了。』

面癱貓：『#許昕朵#四個A，炸！要不起！』

Constance：『#許昕朵#什麼？戀愛了？我女兒才多大？媽媽不許你這樣。』

手抖不是冷：『家世背景可憐，從小開始入圈工作，尹婕是覺得這個女孩像年輕的自己才喜歡她的嗎？』

萌龍過：『有「顏」人終成眷屬。』

許昕朵看了一陣子評論，再翻翻也有罵她的，比如「只有我覺得這個模特兒醜嗎」、「這個模特兒看起來就不像個好人，眼神太凶了」、「現在想要嫁入豪門得趁早，成年了就得上」。

她看了一下就不看了。

這時童延傳來訊息：『我到了，妳是在轉角那個房間吧？』

許昕朵：『對。』

童延：『妳開窗戶。』

許昕朵開窗戶，打開紗窗朝外看，剛剛探頭就覺得眼前一花，趕緊縮回房間裡，模樣狼狽至極，匆忙的樣子猶如打地鼠遊戲裡的地鼠。

童延手裡拿著仙女棒，也嚇了一跳，趕緊把仙女棒舉到一旁，探頭去看許昕朵，問：「妳沒事吧？」

許昕朵摸摸自己的頭，接著氣得大叫：「燒到我瀏海了。」

「我讓妳開窗戶，誰讓妳探頭出來了？」

「還怪我嗎？」

「怪我怪我。」童延說著，仙女棒也放完了，他拿著殘骸一躍而起，直接爬窗戶進許昕朵的房間。

他原本是打算在許昕朵開窗看到仙女棒後，唱《生日快樂》歌，結果鬧成這樣。

他丟掉棍子，伸手想要摸摸許昕朵的臉，看看有沒有燙到她，許昕朵氣得把他的手拍開。

童延坐在窗臺上看著她，笑瞇瞇的，說道：「生日快樂，我的小女朋友。」

許昕朵瞪了他一眼，氣鼓鼓地回答：「你也快樂啊，臭傻子！」

童延伸手勾起了許昕朵的下巴，俯下身吻了過去。

這一次的吻和以往不同，現在他們交往了，不再用偷偷摸摸的了。

童延吻得放肆，讓許昕朵不得不慌亂地推開他。

童延也不在意，說道：「成年真好，我可以來收我的禮物了，我還帶了這個。」

說著從口袋裡拿出一盒套子。

許昕朵看得目瞪口呆，這傢伙也太無恥了吧？

就在此時，穆母在門外敲門，說道：「朵朵，我切了水果給妳。」

許昕朵被嚇得心口「咯噔」一下，猛地推童延，將他推出去，接著關上窗戶。

調整一下狀態，她走過去開門，從穆母的手裡接過果盤。將門反鎖，走進來後將果盤放在桌面上，她快速開窗戶往外看，看到童延跌在窗戶外，正艱難地爬起來。

「都談戀愛了，怎麼還這樣啊？」童延忍不住問。

幸好這是一樓，不然他真的要被摔傻了。

許昕朵趕緊道歉：「對不起，我還沒反應過來。」

「讓開，我再進去。」

許昕朵不讓，指著童延手裡的東西問：「你就用這東西幫我過生日？」

「也不是，不過……慶祝一下成年嘛，我輕一點行嗎？」

「不行，晚安。」許昕朵回答完把窗戶關上了。

童延站在窗前，拿著手機打語音電話給許昕朵，許昕朵接聽後只說了一個字：「滾。」

『別這樣好不好？』

「那第一次你來疼？」

『不可能！』童延很快拒絕了，『這個是原則問題！絕對不行！這個問題上我絕對不會妥協的，我們可以互換身體，但是不能互換體驗這方面。我是男人，男人的尊嚴不可撼動。』

「上一次我喝醉，你到我身體裡後你自己說的。」

『什麼？我這麼騷？』童延震驚了，想了想後在窗外拼命地搖頭，『不可能，妳別唬我。』

「沒唬你，真的是你自己說的。如果你答應的話，我可以試試看，我會輕輕的不弄疼你，好不好？」

『不好，真的不好，這個我不同意。』

「來嘛！」

『不來！』

童延的表情僵住了，這種事情他怎麼可能接受！別的都可以商量，但是這件事不行！真的不行！

啊啊啊！光想想他就要崩潰了。

他突然不想這事了，甚至想把手裡的東西扔了，他怕許昕朵來了興趣，真的把他撲到。

他要瘋了。

童延站在窗外，看著站在房間裡的許昕朵，突然說道：『那妳早點睡。』

「不來了啊？」

『嗯，不來了，我……我回家了，妳好好休息，晚安。』

「拜拜。」

童延表情沉重地掛斷了電話，轉身就走。

♫

讓許昕朵沒有想到的是，這一次童延公開戀情居然能有這樣的曝光度。

整整三天過去了，熱門消息還時不時出現關於童家與她的新聞，尤其是在第二天，她個人名字上了熱搜第三名。

漸漸的，網路上出現了否認的聲音，比如：

『又買熱搜，我對這一家四口的新聞已經生理厭惡了。』

網友回覆：『這位兄台有時光機吧，人家才第一次一家四口上熱搜，只不過是換著關鍵字而已。』

網友回覆：『童延沒有要出道的意思，人家有家產要繼承呢，不屑於進入娛樂圈。』

『童家是想捧紅這個十八線野模吧？』

網友回覆：『人家許昕朵出道一年了，完全沒有借過尹嫿的熱度。現在要準備升學考了，都不接工作了，這個時候捧她純屬腦子有洞，尹嫿不能這麼蠢。』

網友回覆：『是不是捧她，你就看看最近半年裡許昕朵會不會搞事唄。如果沒搞事，你跪下來道歉嗎？』

事情鬧得這麼大，學校裡自然也聽到了風聲。

嘉華國際學校的質疑有兩點，一個是：什麼？他們才在一起？

一個是：天啊！他們不是已經分手了嗎？

什麼是不好追？就是被童延這樣的男生追，也追了這麼久。

算一算時間，從許昕朵轉學到嘉華，剛好是一年多點的時間。

她剛轉學不久是她的生日，現在生日才過去幾天而已。這麼久的時間，童延和許昕朵的關係一直曖昧不清的，居然這麼久之後才在一起。

對此，許昕朵閉口不言。

其實她不是難追，她是不得已，陰差陽錯加上合約加身。

她喜歡童延的時間更早一些。

這兩天來火箭班圍觀這對「風雲情侶」的人明顯增多。

嘉華國際學校的教室，在靠近走廊的一側牆壁有一扇窗戶，細長的一條，特別方便班主任、老師站在那裡往班級裡看。

現在這裡成了不少學生佯裝路過，朝教室裡看的途徑。

最可氣的是這個窗戶還沒有窗簾。

不過許昕朵和童延兩個人在學校裡的互動極少，難得碰到一次都夠這些人興奮的。

這種感覺就好像所有人都等著嗑的CP，他們很少發糖。結果粉絲無意間碰到發糖了，內心興奮得不行。

而且，他們還可以上傳動態炫耀：看到熱搜那對情侶沒，我們學校的，我總能遇到他們。

許昕朵依舊是火箭班的頭把交椅，在火箭班頭排C位坐得穩穩的。

她身邊的兩個人除了左右換個位置外，沒有發生過變化。主要是邵清和請假的次數逐步減少，成績也漸漸上來了，開始和穆傾亦難分秋色。

這還是邵清和上課時在書的掩飾下放著手機，聽課的同時觀察股市情況的學習成績。

這個時候許昕朵真的不得不感嘆邵清和也是個人才。

有一次和穆傾亦聊天，她才知道邵清和也是剛剛成年的年紀，如今手裡有他父親公司百分之六的股份，名下還有兩家公司，連鎖的火鍋店有三家，連鎖的服裝店本市也有六家。

邵清和就算不靠家裡，每個月的流水入帳也十分驚人。

真的是人比人，氣死人。

許昕朵在下課的時候隨口問邵清和：「大學你準備考哪裡？」

「妳哥哥如果考B大，我就考華大，如果他考華大，我就考B大。」

「為什麼，不想和我哥哥一起了？」

「和他一起我當不了校草。」

「你這……真的是志向遠大。」

邵清和笑得特別爽朗，引得穆傾亦瞪了他一眼。

邵清和隨口問她：「妳呢？」

「我去看看我的標準。」許昕朵說完起身，朝著童延走了過去。

童延憑藉自己的努力，已經成了火箭班的中游，座位和婁栩靠得挺近的。

許昕朵走過去，站在童延的桌子邊，遞過去一道題目問：「你覺得這段話是什麼意思？」

童延拿來題看了看，認認真真地讀，然後回答：「他覺得養鳥有益身心健康。」

許昕朵用手指敲擊桌面：「你再想想。」

童延又看了看，說道：「他好像不太開心。」

許昕朵這一次手指換了位置，開始敲擊童延的額頭：「你再仔細讀讀。」

童延頓時覺得壓力很大。現在他看到許昕朵，就彷彿班導師單獨點他名字，看著題目一陣忐忑。

童延每次都是冒著生命危險做閱讀理解，每個字都要思考半天寫作文。

他太難了。

許昕朵終於忍不住了，說道：「你可以看意境分析狀況啊，他是一位失獨老人，能陪著他的只有這隻鳥，鳥是他的精神伴侶，是他的寄託。現在鳥去世了，他很難過……」

「再買一隻唄。」

「……」許昕朵瞪著他問，「我和你分手了，你就再換一個女朋友唄？」

「這能一樣嗎？」

「知道什麼叫精神伴侶嗎？」

「楊過和他的雕？我和 COCO ？」好像也沒什麼不對，但是就是讓人覺得十分來氣。

她發現童延在國際班久了，被那種思考方式影響，腦洞很大，思想自由，跳躍性很強。

這種規規矩矩的閱讀理解題，真的十分拘束他，讓他寫作文題目，總會跑偏。

也不知道是好是壞。

他這樣的以後做董事長，員工遞份報告給他都看不懂。

穆傾亦對於童延的成績也是很著急，走過來開始幫童延講解。

童延聽了一陣子，忍不住對穆傾亦說：「哥，你不用著急，我升學考的時候肯定認認真真地讀題。」

「你現在先不用改口。」

「其實我也不願意叫你哥，我覺得我比你大。」

穆傾亦抬頭看向童延，說道：「我媽媽當時難產，白天堅持了一天，過了淩晨才將我生出來，我的出生時間是當天零點十五分。」

童延不說話了，他是當天下午出生的。

再看看許昕朵，知曉許昕朵也算是他的姐姐後更難受了。

童延忍不住嘀咕：「雙胞胎還順產？」

「我爸……」穆傾亦只這麼說了一句，童延也懂了，肯定是穆父要求的，穆母性子又軟。

邵清和在這個時候走過來說道：「我們火箭班全員第一志願的成績，其實也不用太擔心，童延最後如果發揮得還不錯，應該也能考上不錯的大學。」

許昕朵也不給童延壓力了，又丟給童延一本作文書後回了座位。

童延看著作文書很感動，升級成升學考作文了。

這一年的春節出了一點意外。

COCO突然被全社區懸賞通緝，這還是管理公司聯繫了童延家裡的傭人，童延才知道這件事情。童延和許昕朵一起去看社區的公告欄，看到了通緝單。

通緝單上還有COCO帶著伊莉莎白圈，耳朵上有傷的相片，下面寫著一段話。

——此狗的主人請跟我聯繫！

下面有聯繫方式。

許昕朵和童延兩個人對視一眼，許昕朵問道：「要不要聯繫？」

「問問看什麼事吧，應該是同一個社區的，打聽一下也能知道我們家。」

許昕朵怕童延不能好好交流，她主動打電話給那個人。

電話是一個女生接的，一開始態度很好，聽到她是COCO的主人後，語氣瞬間變得淩厲起來：「妳就是那個狗崽子的主人？」

許昕朵下意識心虛，回答：「對。」

「你們家的狗，把我們家狗的肚子搞大了！我們家賽級犬生出來一窩！氣死我了。我們家的狗還沒完全長大呢，沒到最好的生育時間，就生崽子了！」

許昕朵聽完心中一驚，也有點不安，小聲問：「確定是我們家COCO的？」

「對！妳過來看看那幾個，半德牧半柯基的，腿這麼短的德牧，醜得像藏狐！」

了。」

「呃……抱歉，我……您家在哪裡？」

掛斷電話，許昕朵扭頭看向童延，說道：「COCO把人家的狗肚子搞大了，還生崽子了。」

童延聽完一臉的迷茫：「牠爸還是個雛呢，牠都當爹了？」

「我們是不是要去賠禮道歉？要不要拎點水果？」

「讓管家去吧。」

「是不是不太好？太沒誠意了。」

最後，許昕朵和童延一起去了對方家裡，為了以防意外，還帶了管家一起來，主要是過來當和事佬的。

這一家果然和他們住同一個社區，走出來開門的就是許昕朵見過的女孩子。聽物業說，女主人名叫柴美涔。

柴美涔穿著睡衣走了出來，看著這三個人沒好氣地讓開位置，讓他們能進屋。大冬天的，自然不能在外面說。

客廳裡還坐著一個男生，看起來二十多歲，身上有些痞氣，朝著過來的人看了一眼，不爽地問道：「狗呢？」

許昕朵回答：「沒帶來。」

男生「嘖」了一聲，接著說道：「最起碼要見見罪魁禍狗吧？」

許昕朵客氣地問道：「我們能看看小狗崽嗎？」

柴美涔把一個小狗窩搬了出來，說道：「第一胎生了三隻，我們家富帥沒經驗，夭折了一隻，只剩兩隻了。」

許昕朵和童延湊過去看小狗崽，一看這個樣子都覺得眼睛疼，德牧和柯基的組合，看起來十分詭異，很醜的兩隻小狗崽。

這下兩個人都承認了，這真的是COCO幹的好事。

他們兩個人剛成年不久，就要對他們混蛋兒子做的事情負責任了。就好像兩位家長似的，客客氣氣地跟對方道歉。

許昕朵說道：「抱歉，我們沒看好狗，並不知道會發生這樣的事情，狗崽我們會帶走養，我們賠償你們損失吧。」

男生擺了擺手說道：「這事沒那麼好解決，最起碼得要那個狗崽子閹了，省得牠再禍害其他小母狗。」

童延一聽就不爽了，暴脾氣上來想反駁幾句，被許昕朵攔住了。

「我們之後會管住狗的，也不會再出現這種事情，至於賠償你們開口吧。」許昕朵也不會一直低聲下氣的，還是談賠償比較實際。

對方家長也是心裡有氣，尤其是家裡的狗因為死了一隻小狗崽，好幾天都懨懨的，他們看著心疼，再看看這小狗崽，長得四不像，又是一陣煩躁。

這時從樓上走下來一位稍微年長的男人，看起來三十多歲，戴著一副金屬框眼鏡，文質彬彬的。

他下來溫柔地說道：「那天妳不是也沒看住富帥嗎？我們也有一部分責任，妳別太怪罪他們了。」

童延聽完這位說完，立即跟著點頭，對坐在沙發上的男生說道：「妳看看你們爸爸是多講道理的人。」

屋子裡的氣氛一瞬間變得非常詭異。

金屬框眼鏡的表情也沒有剛才溫柔了。

坐在沙發上的男生突然笑出聲，好半天停不下來，隨後突然問了奇怪的問題：「你們是嘉華的？」

許昕朵穿的是嘉華的羽絨外套，兩個人一起點頭。

「我以前是那裡國際班的，我叫周睿。」男生自我介紹。

童延想了想後說道：「我好像知道你。」

周睿高中時他還在小學部，聽說過一些事情。

周睿指了指柴美涔，說道：「這位是曾經的校花。」

童延指了指許昕朵，說道：「現任。」

周睿看了看許昕朵，扭頭對柴美涔取笑道：「看到沒有，這才是校花該有的身高。」

柴美涔明明是娃娃臉，卻兇狠地「呸」了一口，一點形象都沒有。

周睿接著指著金屬框眼鏡說道：「這位是我爸爸，不過是她的男朋友。」

許昕朵和童延同時看看柴美涔，再看看金屬框眼鏡，總覺得這個關係很奇怪，一時間理解不了。

周睿嘆了一口氣，繼續說道：「你們來之前，我還想和你們打一架，不過你們兩個小孩我也不欺負你們。小狗崽畢竟是我們富帥生的，我會留下一隻，你們帶走一隻。還有，以後管住你們的狗。」

許昕朵繼續問：「我們賠你們一萬塊錢，行嗎？」

周睿想了想後扭頭看向柴美涔。

柴美涔插著腰說道：「我們不差錢，但是你們肯定要為失誤付出代價，意思一下給一些，漲漲記性。」

許昕朵和周睿選了那隻公狗，留下了小母狗。

柴美涔怕狗出去會凍壞了，還幫小狗找了能夠保暖的東西。別看狗醜他們不喜歡，但是送走了他們也挺捨不得的。

她還和許昕朵交換了好友，生怕許昕朵他們沒有好好對待小狗崽。

兩個人和管家一起離開後，許昕朵和童延念叨：「周睿的爸爸，是柴美涔的男朋友，所以周睿是柴美涔的兒子嗎？可是兩個人看起來明明同歲啊。」

「就像我喜歡聽魏嵐叫我爸爸？」

「好像也不是。」

「妳看，妳也有閱讀理解瓶頸的時候。」

許昕朵啞口無言。

♫

到了高三，嘉華國際學校的國際班和普通班形成了兩種風格。

春節假期方面就有著很大的差距。

國際班的學生會跟著高一、高二的學生一起，正常放假。普通班則是假期縮短，短得彷彿在公司上班，初十就開學了。

到了學校裡還有其他的神奇待遇。

根據環保的要求，這種特殊開學的時間，學校不可以統一提供暖氣，也就沒有了地熱暖氣。如果覺得冷，只能開教室裡的空調。

這導致學校裡只有教室暖和，走廊裡和冰窖一樣。學生們下課後需要小跑著衝向洗手間，在洗手間裡難得暖和了，剛緩過來，又要衝回去。

像許昕朵這樣怕冷的，出教室都要穿上外套。

學校原本有兩個學生餐廳，這個時期也只開了一個，並且只開兩個窗口，中午隊伍會排得老長。

其實這個期間可以訂餐，但是要冒著風險。因為這個時期的老師真的酷愛拖堂，送餐員就只能把外賣放在門衛室，過去後，外賣恐怕會涼掉，可怕的是被人拿錯不見了。

這也讓高三的學生不得不去餐廳吃飯，一群人套著羽絨服，哆哆嗦嗦地聚集在窗戶邊，希望陽光照進來能暖和一些。

如果在食堂裡突然聽到一陣輕微的敲碗聲音，請不用在意，這不是催飯，而是凍得拿不穩筷子了。

許昕朵來時帶來了一個小墊子，這樣坐在塑膠椅子上不會很涼，身上還穿得特別多。

校服襯衫外套毛衣馬甲，外面再套著毛衣外套，再套上運動服外套，接著穿兩層羽絨服。裡面的羽絨服是她自己的，外面的是童延的，這樣還真的勉強才能穿進去。

她坐下後把手縮進衣服裡等待，沒多久童延就端著兩個人的餐盤回來了。

童延把餐盤放在許昕朵的面前，也不用許昕朵拿筷子，他直接拿著勺子餵她吃。

許昕朵就像一個殘疾人，也有可能真的是包的像個繭蛹動了吃力，理直氣壯地讓童延餵她吃飯。

婁栩吃兩口飯，抬頭看面前的兩個人一眼，再看看躲得老遠的邵清和跟穆傾亦，有點想端著餐盤跟著他們一起吃。

這狗糧吃的怪不是滋味的。

這個時候食堂阿姨搬來幾個電暖器擺上，嘴裡還在碎碎念：「空調怎麼不熱呢？」

婁栩見到阿姨都能聊兩句，主要是不想跟許昕朵、童延說話：「空間太大了，根本不管用，以前的高三也這樣嗎？」

「以前沒有環保這方面的要求，正常供暖，今年突然有政策了，應該再過兩天會做成便當送到教室。」

等阿姨走了，婁栩又委屈地看了看面前的情侶，嘟囔：「我也想和帥氣的小哥哥談戀愛。」

童延突然說了一句：「魏嵐單身很久了。」

婁栩了解魏嵐，立即反駁：「他是渣得臭名昭著，沒人理他了！」

「嗯，確實，說起來從朵朵轉學過來後，魏嵐就沒正經談過戀愛了。」

把許昕朵餵飽了，童延才開始吃自己的飯，低著頭悶頭吃。

婁栩終於覺得好多了，可以安心吃飯了，結果許昕朵小聲說：「又有點熱了。」

童延伸手幫她把外面那層羽絨服脫了，披在自己的身上。

這時許昕朵的手機震動了。

許昕朵扭頭看向童延說道：「手機。」

言簡意賅。

童延放下筷子，幫許昕朵從羽絨服口袋裡拿出手機來，用他的指紋直接開鎖，進入頁面後舉著手機給她看訊息。

許昕朵接著指揮：「按住語音鍵。」

童延聽話地按住語音的鍵，舉到許昕朵嘴邊，許昕朵對著手機說了要回覆的話後，童延鬆開語音鍵，訊息發送出去了便把手機放在她面前。

婁栩又覺得她不太好了，這飯她吃得委屈極了。

廣大網友們嗑的ＣＰ很甜，但是婁栩已經被甜到不想嗑了。

♫

開學後，國際班的學生依舊每天都開開心心的。

他們的負擔很簡單，提前一年就開始遞交資料了，考了雅思或者託福後，按照之前的模式讀書，沒了。

兩個班級的風格，猶如看電視劇時，國際班是零點五倍速，火箭班從一點五倍速逐漸到了兩倍速，翻書的動作都跟快轉了似的。

魏嵐和蘇威總在開學後，跑到火箭班的窗戶外圍觀火箭班老師拖堂，笑得跟朵花似的，燦爛至極。

童延總是會一臉不爽地從教室裡走出來，指著魏嵐和蘇威罵：「你們兩個給我滾蛋！」

魏嵐也不生氣，反而笑嘻嘻地解釋：「等你一起吃飯嘛！」

說完，和他們結伴去吃飯。

他們匯合後一起去餐廳的時候路過了三班，看到李辛檸在教室裡發脾氣，崩潰大哭。幾個人面面相覷，最後都沒管，什麼都沒說，直接去了餐廳。

李辛檸在那件事情後受到的打擊挺大的，之前的人設都崩塌了，手臂上還有了傷疤，人也變得敏感起來。

她的成績從火箭班掉了出來，普通一班都沒進去，掉到了三班。

老師有幫她安排心理輔導，可惜效果不太大。

至於沈築杭，他倒是瀟灑，傷好之後直接沒回學校，去國外繼續讀高中了，大學也會在那個國家。

嘉華國際學校在國外也有分校，國際班就是有這樣的好處，只要申請了，手續齊全就可以過去。

他現在過得怎麼樣旁人也不知道，大家也再難見到這個人了，從此陌路。

有的時候會覺得，高三就好像是人生第一場大型宣判與離別，總會有一些特別的感悟。

小學會畢業，國中也會畢業，但是大多還會留在這個城市。高三卻不一樣，這一年過去，似乎就能夠決定一個人大部分的人生了。

有的人會留在大學的城市發展，有的人會因為大學的科系而有了未來的方向，比如某些科系就只有在一線城市才有更好的出路。

魏嵐和蘇威高三畢業後就會出國留學，只有寒暑假會回來，寒暑假的時間還不太一樣。

童延和他們是從小一起長大的，從小學到高中一直在一起，有的時候想想也會捨不得。

劉雅婷也是一樣，她也會留學，明明嚷嚷著如果童延欺負許昕朵，她就會收拾童延。

可是真的高三畢業了，她就在國外了。那個時候許昕朵如果被欺負了，哪能告訴劉雅婷，難道讓她回國嗎？

這也使得他們在這段時間總會聚在一起。

留學的人學校基本已經確定了，大家聚在一起參謀童延和許昕朵要考去哪裡。

「W大有櫻花。」劉雅婷首先提議，「想想看，上課的時候窗外就是櫻花……」

童延打斷她：「還有人山人海的遊客。」

劉雅婷頓時閉嘴。

魏嵐跟著說：「去F大也行吧？」

童延搖頭：「那裡居然不吃涼菜，多難受啊？」

許昕朵則是低頭研究分數，綜合一下童延的成績，還有他們兩個人的科系選擇，最後開口：「我要選一個有學碩士連讀學校和科系。」

一直坐在一旁的穆傾亦不由得問：「為什麼？我總覺得考研也是一個轉捩點，本碩連讀就沒有再次選擇的餘地了。」

許昕朵嘆氣，回答：「我覺得畢業論文對童延來說絕對是一個大問題，他真的不一定能寫畢業論文還準備考研究所，不如直接一口氣讀下來。」

邵清和非常不符合形象的「噗哧」一聲笑出來。

穆傾亦也再也不說什麼了，瞬間認可了許昕朵的想法。

魏嵐不理解：「閱讀理解和作文真的那麼難嗎？」

童延口袋裡就揣著寫著題的小本本呢，甩出來給三個國際班的學生看。這三位也是從小就在國際班，和童延同個水準的。

三個人湊在一起研究那道閱讀理解題。

劉雅婷念：「抒發了什麼感情？很寂寞吧，失獨又失去了精神伴侶，老人家怪可憐的。」

童延震驚了：「妳看懂了？」

劉雅婷納悶地問：「這很難嗎？」

劉雅婷的腦子都看懂了，他卻看不懂？童延開始懷疑人生了。

結果這個時候魏嵐和蘇威對視一眼：「哪裡寫失獨了？」

童延瞬間覺得平衡了，這才對嘛。

緊接著，魏嵐嘟囔：「但是失去精神伴侶看出來了，還有寂寞的心情。」

童延崩潰得直揉臉，原來這方面缺根筋的只有他一個。

許昕朵看著他們三個，絕望的望天：「我曾經以為著是他學習方法的問題，現在看來，是他一個人的問題。」

魏嵐趕緊幫童延說話：「不過延哥理科強啊！」

穆傾亦想了想後問道：「你們學臨床醫學？」

畢竟那幾個出名的大學只有這個科系是學碩士連讀。

許昕朵和童延對視了眼，都覺得對方不適合學醫。

許昕朵拿出手機來跟眾人看，說道：「就這個科系吧，國際經濟與貿易。」

H大，這個科系有助於童延繼承家業。

許昕朵對未來的計畫裡全是他。

♫

從高三起，本市甚至是本省的各大學校就已經在比了。

畢竟是聯考，大家能夠知道彼此的成績。

聯考為了能夠公平一些，都是卷子掃描後各大學校老師混著評分，也不存在哪個學校評分寬鬆，哪個學校故意壓分的情況。

嘉華國際學校落寞了幾年，今年終於出息了，每次聯考都有學生拿到聯考第一的成績。

這個第一名是許昕朵，成績又高又穩，不偏科沒有弱點。

不過對於許昕朵的升學考志願學校還是勸了幾次，最後許昕朵堅持，學校也沒有再阻止。

童延在升學考時並沒有辜負眾望，分數考得很高，就連短板國文都考得比平時好一些。

兩個人的分數可以順利地進入他們選擇的大學。

值得一提的是，許昕朵是那一年的升學考狀元。

升學考結束後，童家幫他們兩個人安排了旅遊，去的是尹嫿新買的島。

這個島很早就已經開始進行裝潢改善了，兩個人剛好能在這個時候過去。

島上原本就有建築，後期尹嫿又加了幾棟房子和娛樂場所，足夠兩個人玩一陣子。

他們帶著一些傭人一起乘坐私人飛機過去，在島上降落。傭人會跟附近的商戶聯繫，讓他們定期派船送來食物與用品。

這些傭人會在島上照顧他們的日常起居，提供食物給他們，其他的時間也可以去玩。

童延來時就交代過傭人，沒叫他們的話就不用過來，這樣方便兩個人二人世界。

許昕朵上了島，看著四處的風景忍不住笑了起來。

漫畫裡才能見到的天空，層層白雲堆疊交織，湛藍的天空與海面相連，翱翔的飛鳥姿態都帶著慵懶。

空氣裡泛著濕潤，海風柔柔的。植被多半是以未曾修飾的姿態展現著自然的美，就連海浪拍打山崖的浪花都是一番美景。

許昕朵休息了一下，家裡的傭人帶來了幾位附近島嶼的教練與專家。專家過來處理一些居住範圍內的昆蟲，教練則是安排船，明天帶著兩個人一起去浮潛。

浮潛前需要教兩個人一些知識，兩個人都認認真真地聽了。

來島上的前幾天，過得十分充實。

童延來時，想的是兩個人在島上度過二人世界的時間，晚上一起看星星，白天一起懶洋洋地曬太陽。

結果兩個人一起待得久了，許昕朵就開始嫌棄起童延了。

「延哥，您能不能別總跟著我？跟條尾巴似的，我走哪你跟到哪！」許昕朵拿著水杯怒氣衝衝地瞪童延。

許昕朵輕易不叫哥，叫哥必有事發生。

童延委屈地看著她：「我……只是想跟妳在一起。」

「我只是來喝杯水，你不用跟著我，去玩遊戲吧。」

「我不想玩遊戲，我想和妳在一起。」

許昕朵看到一些消息，很多男生總會玩遊戲不理女朋友，這種待遇她怎麼享受不到呢？

童延似乎覺得她比遊戲好玩。

她忍耐著喝完水，把水杯順勢放在桌面上。

童延走過來拿起許昕朵用過的水杯，把剩下的水喝完了。

許昕朵又開始發脾氣：「你連水都喝我的嗎？」

童延睜大了一雙眼睛：「這也要生氣？」

「你也煩我了是不是？」

「我沒有啊。」

「你剛才音量都提高了。」

「我是在驚訝。」

「啊啊啊！」許昕朵暴躁得直跺腳，快步走出去說道，「我去游泳了。」

童延想跟著許昕朵，但是怕許昕朵煩，想了想還是沒跟過去，獨自一個人上了二樓。

他坐在窗戶前拿起手機，打開遊戲和魏嵐他們連線玩遊戲，結果連輸三局，氣得把手機丟在一旁。

再去看許昕朵，還在游泳呢。

他想了想後，還是沒去找許昕朵，獨自一個人去睡午覺了。

午覺睡得太久會導致後半夜失眠，他到淩晨還非常有精神，躡手躡腳地到了兩個人的房間門口，看到許昕朵在睡覺，又轉身走了。

許昕朵睡覺輕，他怕進去會弄醒許昕朵。

窮極無聊，他只能一個人去游泳了。

熬夜的後果就是他接近早晨才入睡，醒過來後已經午後了。

他餓得不行，打聽之後知曉許昕朵一個人吃過了，他也自己吃了飯。飯後想去找許昕朵，怕她煩又忍住了，拿著手機找魏嵐。

魏嵐：『延哥，玩遊戲行，你別全程罵人行不行？你昨天都罵出三國語言來了。』

童延：『我努努力。』

今天他們發揮還挺不錯的，童延贏了好幾把，排名都提升了。

打的順手就願意多打幾把，童延一直奮鬥到了晚上才結束。

他放下手機走下樓，看到許昕朵一個人坐在餐桌前，問道：「吃過了嗎？」

「沒，一起吃吧。」說完打電話聯繫傭人。

兩個人吃飯的時候習慣全程沉默，期間許昕朵看了童延好幾次。

等童延吃完飯起身接電話，許昕朵有話想和童延說都沒有機會。

到了晚上童延躺在籐椅上吹風的時候，許昕朵走過來躺在他身邊，從身後抱著他的腰。

童延原本在看手機，她來後便放下了手機問：「怎麼了？」

「你生氣了？」

「沒啊。」

許昕朵順勢調整姿勢，扶著童延的肩膀，下巴搭在手上看著童延的側臉說道：「我們不在一起的時候，我特別想和你一起。結果，怎麼看到你就煩，看不到你就想呢？」

童延忍不住笑起來，轉過身來抱著許昕朵說道：「妳以前總是一個人，妳和奶奶也不是總膩在一起，一時間不習慣一個人這麼纏著妳唄。妳當初接受妳哥和妳媽媽的時候，不也是需要過程嗎？沒事，我不著急，我們慢慢來，還有一輩子的時間去適應呢。」

許昕朵捧著童延的臉，在他嘴唇上快速啄了一下，說道：「我們延哥真懂事。」

「別，妳叫我延哥我害怕。」

「那叫什麼？」

「叫老公。」

許昕朵嫌棄地看著童延，輕哼了一聲。

童延當許昕朵會一如既往的不這麼叫他，誰知道她突然小聲叫了一聲：「老公。」

童延愣愣地看著許昕朵，隨後一把撈過許昕朵的身體，吻著她的唇，輾轉著不鬆開。

許昕朵抱著童延的脖子，雙手抬起後，讓他的手有了可乘之機。

是怎麼從籐椅上回到房間的，許昕朵記不清了。

在童延親吻她額頭道歉的時候，她只想罵人。

許昕朵從來沒想過有一天，她會哭著跟童延求饒。然而童延只是安慰她，卻不放過她。

她吸了吸鼻子，將童延的臉推開，讓他不要再靠近自己。

童延還在道歉：「別哭了行嗎？哭得我特別興奮。」

「滾！」

童延也不滾，就躺在她身邊看著她，幫她捋頭髮。

許昕朵突然說道：「換過來。」

童延遲疑了一下同意了，換到許昕朵身體裡後說了一句髒話：「我靠……」

在童延身體裡的許昕朵一瞬間復原了，笑嘻嘻地問童延：「感受到了沒？痛經我都經歷過，也沒哭成這樣。」

童延目光呆滯地躺著，一句話也不說，沒力氣說。

彷彿連續跳了三天三夜的舞沒停過，後來又被重錘敲擊。

許昕朵心情不錯地問童延：「我們兩個人交往第一天你就準備下賊手了，怎麼忍到現在？」

童延回答得有氣無力的：「我挺想的，但是怕影響妳讀書，畢竟都高三了。」

「那剛剛來島上那幾天呢？」

「我想讓妳能好好的玩幾天，才一直忍著。」

許昕朵生龍活虎地起身準備去洗澡，想了想後回頭問童延：「我抱妳去洗澡？」

童延擺了擺手：「不想動。」

「好的。」許昕朵直接跑了，也不管童延。

這就是許昕朵，這要是其他男生這樣事後就不管了，肯定是妥妥的渣男。

許昕朵和童延的畢業後度假，比他們預料的要早回來了一星期。

因為許昕朵覺得頭暈，度假明明是在島上，她卻有了暈船反應。

童延見許昕朵身體漸漸適應了，就開始沒有節制了，致力於讓許昕朵也能快樂起來，開始各種嘗試，鬥志昂揚。

血氣方剛的年紀，終於開葷，那種可怕程度讓許昕朵咂舌。

不管時間，不管地點，甚至只要對視了就能突然開始。

許昕朵喜歡他，還寵著他，完全拒絕不了他。

她頭暈，有暈船反應是因為被晃得難受，時間久了真受不了。

於是許昕朵開始扯謊，說自己在島上待悶了，想要回來。回來後她直接跑到了尹嫿的別墅去，讓童延逮不到她，這樣才能歇幾天。

她突然覺得睡覺時可以併攏著腿十分幸福。

尹嫿最近沒有工作，一直在家裡休息，看到許昕朵眼下烏黑，模樣憔悴，脖子上有草莓印就懂了。

童家的男人這方面真的過分，他們就不適合在一起住，只要住在一起簡直就是「不是你死就是我亡」的狀態。

所以童延找理由來尹嫿這裡時，尹嫿都會一句話趕走童延：「滾蛋。」

童延態度良好地比了一個OK的手勢：「好嘞。」

接著就走了，畢竟理虧。

這一天童延難得被放進來，童延進屋之後東張西望，總覺得有點不對勁。

進入後果然不出所料，尹孃指了指她自己的衣帽間說道：「朵朵要練習化妝，正好拿你練練手。」

童延不解：「不都是往自己臉上糊嗎？用我練手幹什麼？」

「她總捅到自己眼睛，我看著心疼，讓她練練不手抖就行了。」

童延看著尹孃半晌，隨後嘆氣：「這可真是慈母手中劍，兒子身上劈啊。」

尹孃被逗得笑了半天，推著童延上樓，讓童延坐在椅子上。

許昕朵單手抬起童延的臉，拿著眼線筆往童延眼皮上畫。

童延害怕得眼皮直抖，腦袋下意識地往後仰。許昕朵捏著他的下巴把他拽回來，童延就使勁閉眼睛。

許昕朵無奈得不行，抱怨道：「你這樣我沒辦法畫！」

童延委屈得不行，問：「我要是雙目失明了，妳還要不要我？」

「我對你負責。」

「那好吧……」童延只能委屈地配合。

尹嫿看著兩個人化妝的畫面覺得有意思，拿出手機臨時開了一個直播，打開後攝影鏡頭對準許昕朵和童延說道：「直播一下我兒媳婦學化妝，模特兒是我兒子。」

尹嫿的粉絲挺多的，很多都是多年老粉，他們很快進入直播間，留言瞬間席捲而來。

『啊啊啊！姐姐！』

『感覺好久沒有看到朵朵了。』

尹嫿看著留言回答：「嗯，朵朵和延延剛參加完升學考，朵朵是升學考狀元呢，你們看到新聞了沒？」

『看到了！』

『兒媳婦厲害。』

直播畫面裡尹嫿把鏡頭湊近童延，讓網友能看到許昕朵化妝出來的成果。

她還指導許昕朵：「眼尾不要畫這麼長，大致到這裡就可以，妳用卸妝水卸掉重新畫一遍。」

童延生無可戀的被折騰。

尹嫿湊近看，忍不住問：「延延睫毛這麼長的嗎？」

童延正眼看向尹嫿，問道：「妳是不是都不知道妳兒子究竟長什麼樣？」

尹嫿否認：「怎麼可能，我知道。朵朵，把唇妝也卸掉吧。」

許昕朵小聲說道：「沒化唇妝。」

童延再次抱怨：「妳就是不知道妳兒子長什麼樣，我嘴唇本來就是這個顏色的！」

尹嫿不回答了，只是笑，笑得手發抖，直播畫面都在發顫。

許昕朵又練習了三次才決定休息一下，剛好這個時候童瑜凱回來了，尹嫿給了童瑜凱一個鏡頭後，就跟網友道別，關了直播。

童瑜凱問道：「在做什麼？」

尹嫿回答：「朵朵馬上要重新開工了，我幫她增加一點曝光度。」

「她升學考成績下來後，不是在熱搜上一整天嗎？星娛也幫她買了不少通稿，簡直在培養流量小花。」

「我添磚加瓦嘛！正好你回來了，我們一起去吃飯。」尹嫿說完帶著童瑜凱下了樓。

許昕朵放下眼線筆就要跟著去樓下，結果聽到童延喊她：「把妝給我卸了啊！」

「你自己來。」

「妳就是這麼負責的？剛才把我弄得眼淚汪汪的。」

許昕朵湊近童延，發狠地低聲說道：「你也把我弄得眼淚汪汪的，你怎麼不說？」

「好，我自己來。」童延開始自己卸妝，卸妝時偷偷看許昕朵的眼神裡透著卑微。

他們一家四口吃飯的時候總是沉默的，安靜的吃完飯，童瑜凱終於忍不住了，問尹嫿：

「這兩個孩子到底有什麼問題，延延不愛吃醋怎麼了？」

尹嬧翻了一個白眼：「自己悟去。」

童瑜凱覺得自己都要悟瘋了。

♫

今天一整天的天氣都不太好，白天細雨綿綿，淅淅瀝瀝地下了一整天，到了夜間雨也沒停，反而變大了。

許昕朵獨自一個人撐著傘下了車，走到目的地後站在門口大廳，抖了抖雨傘上的水，晶瑩的水珠被甩落在地面上，連成了一串。

她的鞋尖有點濕了，用腳尖在地面上輕輕地磕了磕，隨後便走進轟趴館內。

進去的時候還能聽到婁栩唱歌的聲音，明顯唱嗨了，聲音有點啞了卻還在努力地飆高音，好在還算音準。

許昕朵走進去後，童延立即放下手裡的東西走過來，問她：「冷不冷？」

「一場雨而已，沒什麼。」許昕朵笑著回答，將雨傘立在一邊，看到穆傾亦難受得彷彿虛脫了一樣，仰面靠在沙發上，快被音響聲折磨瘋了。

許昕朵忍不住笑起來，對婁栩揮了揮手示意，婁栩終於停下唱歌，用麥克風問她：「朵朵，妳來啦？」

「麥克風放下。」

「好。」婁栩特別聽話地關了音響。

關了音樂後穆傾亦才覺得好多了，心有餘悸地長長呼出一口氣。

許昕朵將手裡拎著的樣刊給了婁栩，引得婁栩一陣興奮，拿著雜誌手舞足蹈地感嘆：「朵朵，剛回歸就是黎黎雅的單人封面，妳真的要飛起來了！」

許昕朵笑瞇瞇地回答：「這叫造勢！」

臨近升學考時，許昕朵的雜誌拍攝斷了三個月，升學考結束後她又去旅遊了，才剛剛回歸而已。

許昕朵今天白天有工作要拍攝，晚上才有時間過來。

她到了之後，人總算到齊了，一群人在沙發上坐了一圈，他們訂的東西也可以開吃了。

在座的人多，他們訂的東西也五花八門的，比如烤肉串、麻辣香鍋、披薩、奶茶還有牛排等等，五花八門，什麼都有。

婁栩拿起一串烤串後問：「魏嵐，你明天就出發了？」

魏嵐點了點頭：「對，我是第一個出發的。」

婁栩：「我還以為你會和蘇威考到同一個國家去。」

魏嵐笑了笑回答：「我去的國家美女多。」

蘇威、魏嵐、劉雅婷三個人，分別在三個不同的國家，誰也不打擾誰。

穆傾亦考了華大，邵清和考了北大，也是互不干擾的兩個人，不過好在還在同一個城市。

婁栩考上了Z大，是一個人單獨在一個地方。

只有許昕朵和童延考到同一所大學，同一個科系，說不定還會是同班同學。

這就是一對情侶，和一群單身狗的情況。

明天魏嵐就要出發了，這是他們這群人在升學考後最後一次聚會了。

吃東西的時候他們在討論，下一次聚一起能是什麼時候，應該都挺難的。

不過婁栩很樂觀：「下一次聚在一起我們要努力人數翻倍，都帶著另一半來。」

邵清和搖頭：「妳對於顏值的挑剔，最容易單身。」

婁栩不服氣的輕哼：「哼。」

許昕朵問留學的三個人：「你們以後會移民嗎？」

劉雅婷搖了搖頭：「我肯定不會，我爸不許我交外國男朋友，生怕我嫁到國外去，他以後就見不到我了。」

魏嵐嘆氣：「我還有億萬家產需要繼承。」

蘇威想了想回答：「主要看這幾年的發展吧，我是我們家的老二，無所謂。」

魏嵐發了喝的東西給所有人，男生是啤酒，女孩子是飲料，接著說道：「來吧，為了慶祝畢業乾杯。」

所有人舉起手裡的杯子碰了一下，一起說著「乾杯！」

許昕朵拿著杯子喝了一口後說道：「這一杯慶祝邵清和成功脫離家庭。」

邵清和徹底和原生家庭脫離了，邵母後來表示會接受治療，只希望邵清和能夠回去。

然而邵清和的心早就千瘡百孔了，最後留下的話也只有：我不想心軟了，妳會假自殺，我卻會真的自殺。

一次次失望換來的不是絕望，就是鐵石心腸。

大學後邵清和算是徹底解放了。

這次乾杯後，邵清和笑呵呵地說道：「這一杯我們慶祝朵朵妹妹接了神級代言好不好？」

童延又吃醋了：「你們還禮尚往來了？」

邵清和趕緊補充：「順便慶祝童延和朵朵妹妹在一起。」

童延曾經買過手錶送給許昕朵，許昕朵還因為這上過熱門，後來被黑成「錶妹」。

沒想到，這個品牌要正式開發亞洲區市場，尋找亞洲區的代言人，竟然找了許昕朵。

就在前兩天他們剛剛簽了合約，出於謹慎考慮，他們的代言只簽了半年。不過這也足夠讓許昕朵的咖位提升一個檔次，國際大品牌的簽約模特兒，這並不是輕易就能做到的。

看到大家紛紛放下杯子，準備繼續吃東西，童延忍不住問：「為什麼不慶祝我這次國文考得不錯？」

這句話引得一群人大笑，最後一次舉杯慶祝，慶祝童延逆襲成功。

聚會快結束，婁栩拿出自拍杆來，所有人聚在一起拍了一張相片。

相片裡有人表情誇張，有人只是淺淺的微笑，也有一對兄妹面無表情。

許昕朵很喜歡這張合照，當天就上傳動態，配上的文字是：『畢業快樂。』

讓他們沒想到的是，這張相片有朝一日會在網路上再次被翻出，引來一群人的評論。

公子笙：『栩栩和朵朵的閨蜜情有十幾年了，栩栩出道後爆紅的歌都是朵朵寫的，朵朵是最懂栩栩音色的人。或許可以說，沒有朵朵，也沒有現在的栩栩。』

魚寶：『哥哥！亦哥哥什麼時候創建自己的帳號啊，這樣我就可以取關朵朵了，我不想再吃狗糧了。』

黑櫻之櫻：『站在延延身邊的就是栩栩的緋聞男友吧？叫什麼？魏嵐？』

無給：『我曾經期待亦哥哥出道，沒成想這麼多年過去了，他的事業做得風生水起，就是沒有出道的意思。』

小星星哦：『亦哥哥和呵呵哥哥真的是攀比心太重了，他們兩個人簡直是在比誰的單身時間更長！』

手抖不是冷：『我怎麼聽說亦哥哥和那個個子很矮的女的有點曖昧？』

春溪長：『曾經不看好的情侶，他們居然交往十年了？還沒分手？還訂婚了？』

一畫開天：『恭喜朵朵和童延訂婚，恭喜朵朵成為國際秀開場。』

Constance：『哦，許昕朵啊，沒什麼了不起的，不就是走走秀，當當模特兒，作作曲，偶爾表演一場鋼琴獨奏，或者參加國際演奏會。成績好，長得漂亮，一個模特成了星娛一姐？一般般吧，也就那麼回事。』

葉忻奴好愛吃：『發現只有一個小哥哥無人問津，甚至沒有人知道他的姓名。但是我對他好感興趣，我想他做我男朋友，這樣我就能認識這群人了！』

這則留言被許昕朵單獨回覆：『所有人裡只有他已婚。』

群組裡，大家還在鬧。

婁栩：『什麼時候聚！什麼時候？』

魏嵐：『妳少開兩場演唱會能死？每次就妳最耽誤事。』

婁栩：『老娘紅啊，老娘就是紅！』

許昕朵：『我這個月有三天的休息時間。』

童延：『不聚，二人世界。』

劉雅婷：『童延你別想獨占朵朵。』

童延：『滾滾滾。』

邵清和：『我一年三百六十五天都是假期，好無聊啊……』

穆傾亦：『……』

婁栩：『你這種躺著賺錢的人真的不要臉。』

邵清和：『聽說亦亦哥哥最近又累瘦了？公司不是已經贖回來了嗎？怎麼還這麼累？』

穆傾亦：『……』

劉雅婷：『打一個字能累死你？』

穆傾亦：『嗯。』

蘇威：『只要避開我老婆孕檢。』

魏嵐：『滾。』

婁栩：『滾。』

劉雅婷：『滾。』

蘇威：『（恭喜發財，大吉大利）。』

許昕朵：『謝謝老闆。』

童延：『這麼點錢你也好意思？』
蘇威：『哈哈哈。』
穆傾亦：『本月，二十七號，聚，我睏，安。』
許昕朵：『嗯，你早點休息吧，別太累了。』
幾分鐘後。
許昕朵：『我覺得哥哥應該已經睡著了。』
童延：『我們也去睡吧。』
除穆傾亦外所有人：『滾。』

——《靈魂決定我愛你 04》正文完——

番外一　穆傾昕

（本番外許昕朵改名為穆傾昕）

穆傾昕把手機往桌面上一摔，發出重重的「砰」的一聲。她的嘴唇緊抿，顯然已經憤怒到了極點，眼眶也泛著微紅。

她本來就是一張厭世臉，不苟言笑，這樣的表情更是盛氣淩人到了極致。

「退婚這件事妳想都不要想。」穆文彥看到穆傾昕這麼生氣，態度強硬地回答，彷彿提高音量就能在氣勢上壓倒女兒。

穆傾亦坐在一旁，對穆文彥的強勢十分不滿，說道：「您難道不覺得訂婚很扯嗎？現在哪裡還有訂婚這種事情？」

兄妹二人聯合起來對抗他，穆文彥氣得直喘粗氣，態度強硬地回答：「這是很早就訂下的事情，我們不能言而無信。」

穆傾亦繼續維護穆傾昕：「可是當事人並不喜歡這樁婚姻，你的信譽建立在昕昕的痛苦之上。」

「這事沒得商量。」穆文彥說完，直接轉身準備離開家，途中還摔摔打打的，以此來發洩情緒。

今天吵架的起因，是因為穆文彥擅自決定了穆傾昕的高中。

和穆傾昕有婚約的沈築杭在嘉華國際學校國際班，從幼稚園就在那裡讀了，高中直升。

穆文彥覺得穆傾昕應該和沈築杭培養關係了，就讓穆傾昕也去這所高中讀書。

原本穆傾昕的成績完全可以去升學高中，卻要去這所私立學校，穆傾昕鬧了起來，後來提出要退婚，穆文彥完全不同意。

穆傾亦見穆文彥走了，走過去安慰穆傾昕：「沒事，我陪妳去嘉華，我打聽過嘉華的火箭班師資力量也不錯。」

穆傾昕氣得都要哭了：「我看到那個沈築杭就覺得噁心。」

「我也討厭他，婚約這件事情我幫妳想辦法，而且，媽媽最近也打算……到時候我們跟著媽媽。」

莫茵尋一向護著兄妹二人，看到穆傾昕不喜歡這門婚事，女兒受了委屈便動搖了。

初期她還會跟著勸，後來就下定決心，如果穆文彥繼續冥頑不靈，莫茵尋恐怕就會跟穆文彥離婚了。

在她看來，兒女比老公重要。

和穆傾昕同社區的不僅僅有沈築杭，還有和穆傾昕一起長大的邵清和、婁栩。

他們聽說這件事情後，邵清和盯著穆傾昕看了半晌說道：「沒事，我也陪你。」

「我也去！」婁栩立即舉手，「你們都去我必須去！不然我真怕其他高中沒有長得好看的，口味都被養刁鑽了，我未來三年怎麼活？」

穆傾昕依舊不太開心，雙手環胸氣鼓鼓地坐在沙發上。

邵清和走過去捏她的臉頰：「好啦昕昕妹妹，不氣了，妳是王者，到哪裡都厲害。」

穆傾昕還沒做出反應來，穆傾亦就把邵清和的手拍走，還瞪了邵清和一眼。

邵清和故作無辜地聳了聳肩。

他們到了嘉華國際學校後，一起去了火箭班，且都是成績不錯的學生。

不過開學時邵清和又請假了，軍訓的時候並沒有過來。

穆傾昕作為新生代表上臺演講，由於本來就不太喜歡這個學校，講話全程不情不願的，語氣也不太好。

她總覺得這個學校太弱了，能跟她比一比成績的也只有自己哥哥和邵清和，一個能打的都沒有！

站在台下的學生們看著穆傾昕議論紛紛。

「哇，這個女生看起來好跩哦。」

「一看就脾氣不太好。」

「不過氣場真強，真漂亮！皮膚白到反光。」

國際四班這裡則有不太一樣的議論聲。

「聽說那個女生是沈築杭的未婚妻。」

魏嵐聽完回頭看了看沈築杭，問道：「沈築杭，你未婚妻怎麼從來都不來找你呢？也沒見你們在一起過。」

沈築杭也知道穆傾昕對自己印象不好，甚至排斥他，面子上過不去，只能悶悶地回答：「家裡安排的。」

魏嵐聽完直嘆氣，小聲嘟囔：「可惜了，不然我真想追她試試。」

蘇威聽到後忍不住笑：「我賭你追不到，這個女生一看就不好追。」

「何以見得？」

「太漂亮了。」

開學後不久，婁栩和魏嵐莫名其妙地認識了，接著莫名其妙的交往了。

知道這件事情的時候穆傾昕有一瞬間失戀的感覺。

她和婁栩是從小一起長大的，兩個人一直都是最好的朋友，現在好朋友戀愛了，那以後是不是會冷落她？而且那個魏嵐看起來很輕浮，怎麼找了一個這樣的男朋友啊？

婁栩小聲問她：「你不覺得魏嵐很帥嗎？」

穆傾昕蹙著眉，腳一下一下踢欄杆，力道不重，多半是在賭氣：「我感覺只是還行。」

「帥就夠了，花不花心無所謂，我看到他對我笑，整個人都蕩漾起來了。」婁栩興奮得手舞足蹈。

穆傾昕覺得無法理解，不過婁栩喜歡，她也沒辦法。

午休時間，婁栩拉著穆傾昕去飲料店，途中還在說：「魏嵐的好朋友剛剛參加完一個國際比賽回來，超級帥，我帶你去看看。」

穆傾昕不情不願地跟著婁栩到了飲料店，看到婁栩對著魏嵐招手：「寶寶！兩杯奶茶。」

魏嵐在人群中舉起手來比了一個ＯＫ的手勢，手臂還晃了晃，魏嵐本來個子就高，纖細修長的手臂在人群裡非常顯眼。

穆傾昕轉過頭的時候，正巧遇到童延在打哈欠，無聊地靠著欄杆看天。

注意到了穆傾昕的目光，他也朝著穆傾昕看過來，不過掃了一眼就看向別處了。

蘇威小聲跟童延介紹：「魏嵐的女朋友，旁邊是新校花。」

「哦……」

「校草是她親哥，這對兄妹厲不厲害？」

「哦。」

「延哥，你這次比賽第幾名？」

童延學鋼琴全是因為尹嫿喜歡，其實自己對鋼琴沒什麼興趣。

他懶洋洋地回答：「第三。」

「國際比賽第三就不錯了。」

魏嵐買完後拎著飲料給婁栩，婁栩分給穆傾昕一杯。

接著，魏嵐也分給童延和蘇威咖啡。

魏嵐小聲問婁栩：「放學我送妳回去啊？」

穆傾昕突然冷冷地說道：「她和我一起回去。」

魏嵐尷尬地點了點頭，隨後問：「那……我們一起去吃午飯？」

穆傾昕不太想和他們一起，不過婁栩答應了，她只能跟著婁栩一起走。

穆傾昕拿著餐盤坐下，身邊坐著婁栩，對面坐著童延。

她抬頭就看到這個人吃飯的時候倒是規矩，一句話不說，並且細嚼慢嚥，學過餐桌禮儀。

她也不說話，只是悶頭吃飯。

魏嵐又開始提議了：「週末我們一起出去玩吧。」

婁栩興致勃勃地問：「去哪裡啊？」

「我知道一個剛開的轟趴館，裡面什麼都有，想怎麼玩就怎麼玩。」

他們現在才高一，年齡受限，很多地方都去不了。不過這些轟趴館就不一樣了，如果管得不嚴他們可以進入。

婁栩非常感興趣，問了一連串問題，比如位置在哪裡，那裡還有什麼人嗎？

聽說會有單獨的小空間後，穆傾昕突然抬頭，說道：「我也去。」

魏嵐一愣，隨後微笑著說道：「當然歡迎啦，我們一起去。」

穆傾昕不喜歡魏嵐。

魏嵐笑容輕浮，路邊的貓貓狗狗都能去撩一下的模樣，聽說風評也不太好。

從婁栩和魏嵐談戀愛起，穆傾昕就看不上魏嵐，總覺得自己可愛的閨密配了一坨屎。

聽說要去單獨兩個人的小空間後，穆傾昕自然不放心，生怕婁栩被占便宜了。

童延抬頭看了看穆傾昕，撇著嘴角冷笑一聲，沒說什麼繼續吃飯。

穆傾昕看向童延，總覺得童延十分不屑的樣子，這個人似乎很瞧不起別人。

討人厭的男生。

她沒再理會童延，不管魏嵐煩不煩，她都要跟著。

一起去轟趴館的那天，穆傾昕穿著挺隨意的，緊身的牛仔褲，上身則是寬鬆的外套，揹著一個黑色的包。

過去後婁栩一直跟魏嵐打撞球，並沒有其他舉動，穆傾昕坐在一旁看著。

當看到魏嵐拉著婁栩去一邊的時候，穆傾昕立即起身要跟過去，結果一條長腿突然伸出來擋住她，一腳踩在桌子上，問道：「妳怎麼那麼煩呢？」

這是童延和穆傾昕說的第一句話，語氣裡帶著不耐煩，看著穆傾昕的眼裡全是嫌棄。

穆傾昕也不是什麼善類，氣勢半分不弱，微微揚起下巴反問：「你管得著嗎？」

「人家兩個人談戀愛呢，單獨在一起很正常，妳老是跟著算怎麼回事？」

「他和別人談戀愛我不會管，但是他的女朋友是栩栩，我就得管。」

「哦，那魏嵐是我哥們，這事我也得管。」

穆傾昕將童延的腿推開，剛走過去幾步就看到婁栩抱著魏嵐的脖子，主動踮起腳親了魏嵐一下。

魏嵐被親完也不害羞，依舊是那種輕浮又十分溫柔的笑，低下頭對婁栩說著什麼。

她看到這一幕就停住了，突然覺得真的是管得太多了，婁栩似乎比魏嵐還主動一些。

童延走過來拉著穆傾昕往後退，到了視線死角才停下，說道：「妳就直愣愣的站著那裡，被妳朋友看到了她不尷尬？」

「我、我只是……」穆傾昕回答的時候都結巴了，聲音特別小。

童延個子高，只能低下頭來，湊近看著她問：「什麼？」

穆傾昕快速抬眼看了他一眼，嘴唇動了動，卻沒有回答，只是跟童延尷尬的四目相對。

童延看著穆傾昕慌張的樣子忍不住笑起來，問她：「人家兩個人接吻，妳臉紅什麼？」

穆傾昕力氣抬起雙手來捧著臉，果然發現臉頰有點發熱，她竟然比當事人還不好意思。

正慌張的時候，童延轉身到一旁，從冰箱裡拿出了一罐雪碧來，遞給穆傾昕。

穆傾昕看著雪碧沒接。

童延特別無奈地解釋：「沒下藥啊！」

說著，拿著雪碧貼在她的臉頰上。

那種冰涼的觸感讓穆傾昕一個激靈，快速伸手接過來，接著不情不願地說道：「謝謝。」

童延瞭解魏嵐，說道：「魏嵐看起來花心，但是做事一般不越界，放心吧。」

穆傾昕打開雪碧喝了一口，依舊堅持：「防人之心不可無，男生沒有一個好東西。」

童延覺得自己被連坐了，不高興地看了穆傾昕一眼，這女生哪裡來的領悟？

穆傾昕理直氣壯的挺直腰板。

童延突然特別嚴肅地說：「我是。」

「你是什麼？」

「好東西……不對，好男人。」

童延是在高一運動會的時候格外關注穆傾昕。

原因非常奇特，因為她舉班牌，綁著雙馬尾。

這種關注讓人無法理解，童延甚至不知道該怎麼解釋這個喜好。

黑色和雙馬尾是他的最愛，或者——黑色的雙馬尾。

完美。

不知是從什麼時候興起的，運動會走隊形時會穿著奇特，彰顯班級特色。

嘉華國際學校這方面管得寬鬆，讓學生們自由發揮，一年比一年獵奇。

火箭班是學霸聚集的地方，不過也拘不住他們。

他們一開始想要起鬨讓穆傾亦舉班牌，穆傾亦冷笑一聲，就此拒絕，周旋的餘地都沒有。

邵清和要好說話一些，還是後進班級的，被一群人折磨得受不了了，只能去找穆傾昕：

「昕昕妹妹救我！」

穆傾昕看著邵清和可憐的模樣，最後嘆氣答應了。

不得不承認，邵清和在撒嬌、示弱方面很有一套。

班級裡的人聚在一起提議，有人提議說ＣＯＳ動畫《玉子市場》。

定下來後，大家看著穆傾昕感嘆：「一七五公分的玉子同學？比玉子整整高了十九公分。」

「玉子是治癒系，昕昕是攻擊系，我還是覺得昕昕ＣＯＳ遠阪凜合適。」

「凜也是一五九公分。」

「什麼？凜都沒有一百六嗎？！」

「如果是玉子，那邵清和是不是就是餅藏？」

班級裡的氣氛立即曖昧起來，一群人陰陽怪氣地開始起鬨。

到最後，真的ＣＯＳ《玉子市場》了，邵清和也被迫ＣＯＳ餅藏。

原本邵清和都同意了，穆傾亦剛剛查完這兩個角色是什麼關係後，眉頭一皺，覺得事情沒那麼簡單，於是決定配合一起參加ＣＯＳ。

這就導致穆傾昕當天ＣＯＳ玉子，負責舉班牌，後面跟著二十多個餅藏，倒是班級裡其他女生有ＣＯＳ其他的角色。

別想在穆傾亦的眼皮子底下公然和她妹妹搞ＣＰ。

運動會那天學校邀請家長做嘉賓，這些家長很多都有些身分，其中最重量級的恐怕就是尹嫿了。

尹嫿在，童延便陪同坐在升旗臺一側跟著看運動會，起鬨所在的位置看著隊伍最為清晰。

他拄著下巴看著穆傾昕舉著班牌走過去，眼睛一直盯著她看。

尹嫿就坐在童延身邊，眼睜睜地看著自己兒子的腦袋跟著那個女孩子擺動，直到女孩子消失了才收回目光，重新坐好，接著嘆氣：「真無聊。」

明明剛才看得津津有味的。

之後有比賽，童延被臨時叫走去當評委。

他坐在評委席的傘下面，翹起二郎腿，懶洋洋地看著跳高的場地，再次嘆氣，這麼熱的天，比什麼呢？

比賽開始後，看到穆傾昕出現了。她穿著運動服，無袖的黃色上衣，黑色主體有點黃色裝飾的運動短褲，稀鬆平常的打扮，卻還是引來一陣轟動。

這身運動服將她的長腿完全展現出來，陽光下，她的皮膚白得耀眼。

童延拄著下巴看著她做熱身，使用弧線助跑接著輕鬆地跳過高度。

其實女子跳高有些選手是來湊數的，直接往前衝，就跟跳橡皮筋似的跳起來，發現沒跳過去哎呀一聲，接著就被淘汰了。

這一輪跳過去最標準的選手恐怕就是穆傾昕了。

仗著腿長，那個高度完全是跨過去的，動作乾淨俐落，下來時還有點不屑，似乎這個高度有點侮辱人。

童延挺不喜歡穆傾昕身上這股感覺，這女的怎麼這麼傲呢？

眼睛怪怪的，總像在翻白眼，瞧不起誰似的，還總是面無表情的。

想到這裡，他再次朝穆傾昕看過去，嘖嘖，還是面無表情的，誰欠她錢不成？他正嫌棄呢，就聽到身邊的人小聲提醒他：「延哥……延哥，別再看了。」

童延不解，疑惑地問：「看什麼？」

「你全程看著她一個人……太明顯了，我認識火箭班的，回頭我幫你要聯絡方式，你先別盯著她看了。」

童延特別不解，他只是看她不順眼，這也能誤會？

他咧著嘴角拒絕了，繼續做裁判。

他之前看到男生比賽，採用背越式後衣角都會掀起來，漏出小腹。

到了後面幾輪，童延輕咳了一聲，對路過裁判臺的穆傾昕說：「妳把衣服紮進去。」

穆傾昕看了看他，冷淡回答：「用不著。」

說完再次助跑，依舊沒用背越式，再次靠著腿長跨過去，穩穩地站在墊子上。她在這時回頭朝童延看了一眼，隨後揚起下巴挑釁：看到沒有，老娘過得去。

童延更加不爽了，他果然不喜歡這種女生。

童延和穆傾昕算是學校裡非常眼熟的陌生人，他們兩個人最大的交集就是婁栩和魏嵐。

穆傾昕和婁栩總是形影不離，導致童延對穆傾昕格外眼熟，午餐的時候總會一起吃飯。

穆傾昕吃飯的時候手裡還會看單字卡，吃著吃著突然自言自語一句英文，似乎是在找發音，聲音不大，並不打擾人。

童延聽了一下後，突然說話：「那一句是And often is his gold complexion dimmed……」

穆傾昕的發音還是可以的，不過童延他們常年在國際班，發音和穆傾昕還是有些不同。國際班的學生現在出國，完全不會有「中式英語」的發音，和當地腔調沒什麼不同。

甚至因為外教老師帶著口音，不同地區的口音他們都會一些。

正在吃飯的其他人突然看向他們兩個人，就連穆傾昕都愣愣地看向童延。

許久後，穆傾昕才回應道：「哦，謝謝。」

「不過我不喜歡他寫的那些渣男。」

「……」

吃完飯往回走的時候，魏嵐目送婁栩和穆傾昕走向火箭班，對童延說：「延哥，你搭訕的話題太僵硬了，我這麼能聊，我都接不上話。」

童延十分不解：「我什麼時候搭訕了？」

「我覺得那個穆傾昕還不錯，確實漂亮，還是個學神，體育也厲害，只是……她和沈築杭有婚約。」

「婚約？」

「嗯。」

童延突然覺得很神奇，現在還有這個東西的存在？

不過，關他什麼事？

童延沒想到，他不過是找個安靜的地方背譜，也能聽到八卦。

他坐在音樂教室的一角，覺得有點累了，就躺在椅子上小憩，接著被鋼琴聲吵醒。

童延也會鋼琴，且水準不低，所以能夠聽出來這個人的鋼琴水準挺高的，只是似乎帶著一腔悲憤，才會將鋼琴當做一種發洩，整個曲子裡帶著暴躁的情緒。

他躺在椅子上聽了一陣子，覺得聽得頭直疼。

沒多久曲子停了，接著就聽到了熟悉的女孩子聲音，說話的時候聲音清冷，帶著疏離感：「你來這裡做什麼？」

「想和妳聊聊天。」男生這樣回答。

童延睜開眼睛，確定女生是穆傾昕，男生是沈築杭。

「我和你有什麼好聊的？」穆傾昕不解地問他。

「我們之間的關係真的太糟糕了，其實根本不必如此。」

「我很早就說過，我並不想和你結婚。你可以幫我的忙，跟你的家裡說你不喜歡我，憑著你媽媽對你的愛護程度，肯定願意解除婚約，這樣我們皆大歡喜難道不好嗎？」

沈築杭聽完沉默了一下才回答：「不，我不想取消婚約。」

穆傾昕無法理解沈築杭，崩潰地問：「為什麼？」

「我喜歡妳，我想和妳在一起，我也希望妳能接納我，我……在很努力地成為能夠配得上妳的男生。」

「我不喜歡你。」

沈築杭不再出聲。

其實，沈築杭這種男生非常好理解，越得不到的，越是愛得不得了。尤其是穆傾昕本身就十分優秀，到了嘉華國際學校後還是校花，對她感興趣的男生越來越多，沈築杭有點急了。

他明明是她的未婚夫，卻格外沒有安全感，只能試圖和穆傾昕改變關係。

顯然，穆傾昕不想和他親近。

沈築杭十分失落，離開了音樂教室。

穆傾昕再次彈琴，琴聲還不如之前。

童延聽不下去了，他的太陽穴跟著音樂的旋律突突直跳，只能站起身走過去，站在鋼琴旁邊，看著穆傾昕。

穆傾昕抬頭看向他，停住彈琴的動作。

童延低聲說道：「鋼琴是用來彈的，不是用來砸的。」

穆傾昕有點意外，問道：「你什麼時候在這裡的？」

「很早……音樂老師讓我準備參加比賽。」

「他也叫我去了。」

童延看了看門口，確定沈築杭已經走了才頗感興趣地問穆傾昕：「直接鬧翻唄，沒必要留面子，終身大事呢！」

「我們兩家有利益關係，我爸爸的公司沒有他們家的幫忙，說不定會破產。」

「哦，那還真的挺嚴重呢。」童延說完跟著嘆氣，引得穆傾昕瞪了他一眼。

童延揚了揚眉，再次開口：「那就換個未婚夫唄，比他們家強的那種，比如……我就可以。」

穆傾昕自然知道童延的家庭背景，不過幾乎沒有猶豫就否認了：「我用不著你。」

「那用誰，妳那個青梅竹馬？他說不定真的喜歡妳，妳這麼利用他很殘忍，說不定過不了多久會跟沈築杭一樣斷不乾淨。但是我不一樣，我不喜歡妳，想斷就斷。」

童延居然對許昕朵有青梅竹馬這件事情都瞭解。

穆傾昕看著童延的目光越發不解起來，問道：「難不成你要幫我？為什麼要幫我？你不是很討厭我嗎？」

「我啊……太無聊了。」童延突然笑起來，笑容狡黠，眼眸彎彎的彷彿兩個月牙。

穆傾昕驚訝得不行，眼睛裡全是狐疑。

童延不等她猶豫，伸手拽著她的校服讓她起來，隨後自己坐在鋼琴前，手指放在琴鍵上彈她剛才的曲子，旋律悠揚動人，根本沒有剛才那種暴躁感。

童延給人的感覺是視覺系美少年，盛氣淩人的，沒想到坐在鋼琴前會瞬間變一個氣質，多了幾分溫潤的少年感。

陽光將他的頭髮照成了亞麻色，白皙的臉頰，纖長的脖頸，還有脖頸上張揚的刺青。

他垂著眼眸，認認真真地彈琴，手指長到有些逆天，這雙手可以挑戰高難度的曲子，多加練習，甚至可以輕鬆完成。

「假扮我男朋友？」穆傾昕問他。

童延停下彈琴，抬頭看向她：「但是妳不許占我便宜。」

穆傾昕瞬間被逗笑了，多慮了，兄弟。

童延坐在音樂教室裡跟穆傾昕分析：「妳覺得婁栩嘴巴是不是不嚴？」

穆傾昕點了點頭表示同意：「她藏不住事。」

「邵清和跟穆傾亦是不是不會同意這種計畫？」

「我哥哥肯定不會同意，呵呵哥哥應該也……」

「呵呵哥哥？」童延聽完這個稱呼嫌棄成了高低眉。

穆傾昕看著童延，沒說話，她一向這麼叫，別稱而已，不覺得有什麼。

童延沒再說什麼，只是跟穆傾昕下結論：「所以我們不能跟他們說，先試試看能不能成功，不成功我們就結束合作關係，外人看來也只是分手了而已。」

穆傾昕還是覺得有點扯，捂著臉繼續猶豫。

童延看著她的樣子，非常委屈，怎麼就成他倒貼?他也只是見義勇為的好青年而已。

這時魏嵐和婁栩結伴從外面走進來，婁栩主動打招呼：「昕昕，晚上一起吃飯吧，我們一起去。」

魏嵐進來後看到童延和穆傾昕面對面坐在一起，不由得驚訝：「你們兩個在一起？都參加鋼琴比賽？」

童延突然指著穆傾昕說道：「我和她談戀愛了。」

穆傾昕抬頭看向童延，童延則對她笑了笑，笑容裡帶著些許邪氣。

魏嵐和婁栩兩個人都僵住了，看著彼此，眼中全是震驚。

魏嵐問道：「真的假的？」

穆傾昕想了想後，也跟著認了：「真的。」

婁栩的眼睛睜大，推著魏嵐往外走：「那我們兩個人去吃飯了。」

說完走得飛快。

對於閨密，穆傾昕是守護型，婁栩是放養型。

因為婁栩知道，她保護不了穆傾昕什麼，穆傾昕比她有想法多了。穆傾昕都搞不定的，她去了也是添亂。

婁栩跑回火箭班，邵清和跟穆傾亦還在收拾東西，婁栩立即興奮地說道：「昕昕談戀愛了，和童延！」

穆傾亦聽完嚇了一跳，手裡的書掉在地上：「誰？什麼？」

明顯不知道童延是誰。

邵清和曾經遠遠的和童延對視過幾次，聽到這個消息後驚訝得忘記了眨眼睛，愣愣地看著婁栩，沒有做出任何反應來。

婁栩興致勃勃地跟穆傾亦說童延有多帥，家裡多厲害，還說起童延的媽媽曾經是影后。

穆傾亦眉頭緊蹙，對於妹妹談戀愛的事情無法接受，下意識扭頭看了邵清和一眼。

邵清和垂著眼眸，從始至終什麼都沒說，只是吞咽一口唾沫，像是努力吞咽某種情緒。

這種事情，還是要聽穆傾昕怎麼說。

穆傾昕回到家裡，一進屋就看到穆傾亦、邵清和跟婁栩都在，坐在沙發上等著審問她呢。

她故作鎮定地放下了包，就聽到婁栩問她：「你們什麼時候在一起的？」

穆傾昕含糊地回答：「今天。」

穆傾亦問她：「他追妳？」

穆傾昕眼神飄忽：「一拍即合。」

邵清和盯著穆傾昕，突然就放心了，表情逐漸輕鬆下來，隨後拍了拍穆傾亦的肩膀說道：

「好了，這件事你也不能管得太多，畢竟孩子大了，你說是不是？」

穆傾亦依舊不肯甘休：「妳才多大，就談戀愛了？」

邵清和只能先勸住穆傾亦，接著拉著穆傾昕去一旁，隨後站在她面前笑得溫和，說道：

「想退婚也不要做這麼荒唐的事情。」

穆傾昕看向邵清和嘆氣：「你看出來了？」

「嗯，妳一個眼神我就能看出來。」

「那你剛才怎麼不揭穿我？」

「因為妳偽裝得很努力啊。」

「……」

邵清和揉了揉她的頭：「不必和那種男生有牽扯，如果妳需要，我也可以幫妳。」

「不用，你家裡也很煩，他幫我試試看，不行就結束。」

邵清和看著她，許久後才嘆氣：「嗯，好，記得別受委屈了。」

「知道。」

邵清和溫和的表情在穆傾昕離開後逐漸冷淡下來。

穆傾昕是真的沒多想，但是童延則不一定，他可不是什麼樂於助人的人。

假扮情侶後，穆傾昕時不時會收到了童延的訊息轟炸：『妳是我女朋友了，就要來我的班找我啊！』

穆傾昕：『我為什麼要去找你？』

童延：『妳不是要偽裝嗎？妳要讓沈築杭看到，讓他惱羞成怒。』

穆傾昕在下午可以去興趣班的時候，不情不願地走到國際四班，站在門口喊童延。

童延坐在教室裡的最後一排，對穆傾昕招了招手：「妳進來。」

穆傾昕想了想走了進去，坐在童延的身邊。童延直接將自己的耳機扣在穆傾昕的耳朵上，接著一邊取消降噪效果後說道：「幫我扒個譜。」

穆傾昕被搞得一頭霧水的，接著聽到了童延播放的曲子。

就在穆傾昕認認真真聽曲子的時候，國際四班的同學全部齊刷刷地回頭看向他們兩個人，震驚萬分。

之前就聽說一些消息，還當是開玩笑，沒想到是真的在交往？

童延和校花，雖然家庭背景不太合適，但是顏值和身高完全合適。他們在一起讓人覺得震驚，又理所應當。

接著這些人將目光投向沈築杭，很想看看綠草原此時的表情，果然看到沈築杭一臉受傷，愣愣地看著那邊的兩個人，又非常不自然地收回了目光。

童延完全不在乎，看著穆傾昕坐在自己的身邊還挺爽的。說不清道不明，總之就願意多看她幾眼，假扮男女朋友後很開心。

正笑呢，就看到穆傾昕從他面前拿走了樂譜本，拿起本子就開始扒譜了。

扒完整個曲子只用了不到五分鐘，譜寫完了，摘下耳機問他：「扒曲子做什麼？」

童延拿著譜看，不由得感嘆，這就是絕對音感吧？

「我媽媽經常抽查我。」童延回答完，看著譜，又戴上耳機聽了一遍，再次感嘆穆傾昕的音感。

之後，他拿著手機對著譜拍照，傳給尹嫿。

沒一會，尹嫿回覆訊息：『和你筆觸習慣不一樣，請外援了？』

童延：『嗯，我女朋友幫我了。』

尹嫿：『女朋友？』

童延：『剛交的。』

尹嫿：『雙馬尾？』

童延：『你怎麼知道？』

尹嫿：『家庭背景什麼樣？』

童延：『晚安。』

尹嫿：『晚個屁！』

童延拿著手機，對著穆傾昕的側臉照了一張相，接著給穆傾昕看了一眼：「我傳給我媽了。」

「哈？」穆傾昕震驚。

「沒事，我家裡不管這個。」童延說完就傳給尹嫿。

童延：『側臉是不是好看，耐看型。』

尹嫿：『鬧著玩的？』

童延：『你要是幫我一個忙，我就聽話。』

尹嫿：『威脅我？』

童延：『撒嬌呢。』

穆傾昕離開國際四班沒多久，沈築杭就追出來了。

他跟上穆傾昕的時候還在左右張望，不想被人看到，亂想什麼複雜的三角關係。接著拉著穆傾昕去了角落，問她：「妳真的在和童延交往？」

「嗯，是啊。」

「故意刺激我？」

「我只是談個戀愛而已。」

「我那麼不好嗎？還是說，妳覺得童延更合適？」沈築杭難過得眼睛往下搭，就像可憐的小狗崽。

「沈築杭，如果沒有婚約，我們說不定可以成為朋友，我們也是從小一起長大的。可是我不喜歡你，對你一點感覺都沒有，這個沒有辦法強行培養，我要是能喜歡你早就喜歡了。所以，我們就此分開不是皆大歡喜嗎？」

沈築杭看了穆傾昕半晌，握緊拳頭，似乎還想挽留。

穆傾昕繼續說道：「你現在配合我，我說不定還會感謝你，真的鬧翻了，我們恐怕只能為敵了，你應該知道我是什麼脾氣。」

這一句話對沈築杭來說簡直就是重擊，連最後的念想都打破了。

沈築杭最後點了點頭，對她說道：「我回去試試看。」

穆傾昕得到沈築杭這句話，覺得鬆了一口氣。

回到家裡看到父母在接待客人，這個客人非常的讓人震驚，尹嫿居然來他們家了。

她的父母自然十分周到的接待，話語之間提及了穆傾昕婚約的事情。

大致意思是童延在和穆傾昕談戀愛，但是穆傾昕身上有婚約在，他們希望這份婚約能取消。不然，他們也會很難做，畢竟不能讓童延做小三。

穆文彥心中糾結，卻一直沒有將話說滿，聽到尹嫿提出的條件後，他表示要再考慮一下。

等尹嫿離開後，穆傾昕跟穆文彥說了沈築杭願意退一步的消息。

穆文彥聽完眼睛一亮，似乎覺得事情可以兩全其美地解決。

在此之後，穆傾昕覺得事情的反轉有些神奇，原本她想到就頭疼的婚約居然取消了。

沈家那邊是沈築杭說他不喜歡穆傾昕，沈家覺得十分虧欠，因此跟穆文彥又道歉，又請吃飯，各種不好意思地取消了婚約，不過合作關係不變。

這邊，童家也給了穆文彥一堆好處，讓穆文彥高興得闔不攏嘴。

這也讓穆傾昕十分失望。

果然，在父親的眼裡，女兒後半生的幸福完全沒有他眼前的利益重要。只要利益能夠保證，就可以隨時取消。

心瞬間寒了。

莫茵尋敏銳地察覺到穆傾昕的心情，還因為這件事和穆文彥吵了一架，提出離婚的事。

他們的父母這一次怕是躲不過離婚這件事了。

目標達成後，穆傾昕特地請童延吃了一頓飯，童延非常高興地去了。

他吃飯的時候很少聊天，所以在吃飯前就跟穆傾昕開誠布公地說了一件事情：「我們短期內還不能宣布分手。」

「為什麼？」

「我剛剛幫妳解決事情就分手了，是不是太假了？而且，我媽媽都出面了，我扭頭就分手了，她不得錘死我？」

穆傾昕一想也是，點了點頭同意了：「嗯，好，我知道了。」

「妳也要表現得自然點，你們班的那個李辛檸追我呢，妳知不知道？」

「是嗎？」她還真不知道，整理著面前的餐具。

「妳要知道啊，甚至幫我擺脫掉那些追求者，不然只有我幫妳，妳不幫我算怎麼回事？」

「好，星期一我就把她解決了。」

童延聽著她說解決了，總覺得有些金戈鐵馬的感覺，又問：「怎麼解決？」

「放心吧，我會處理乾淨的。」

童延點了點頭：「行吧。」

兩個人一起吃完飯，穆傾昕打算直接離開，卻被童延拎住衣角，問她：「這就要走？」

「嗯。」

「還嗯！妳是不是渣女啊？不覺得應該陪我約會嗎？」

「可是我們不是假扮的嗎？」

「你有沒有點敬業精神？我們可是假扮情侶，從來都不約會，社群動態裡也沒有合影，不覺得很假嗎？聽我的就行了，我媽媽可是影后，我也有經驗。」

穆傾昕做了一個深呼吸，點頭同意了。

兩個人朝著商場走的時候，童延突然伸出手來到她的面前。

穆傾昕看著他的手問：「付錢？」

「牽手。」

「……」

「敬業點。」

穆傾昕最後也沒有牽他的手，只是和他並肩走，走進商場也不知道該幹什麼。

童延同樣不知道，站在商場裡一陣迷茫，只能拿出手機問魏嵐：『情侶約會都幹什麼？』

魏嵐：『哪種幹？』

童延翻了一個白眼，繼續打字：『我們在商場裡。』

於是，童延按照魏嵐指點的方法，帶著穆傾昕去買盲盒，兩個人的手都特別臭，買了一堆醜兮兮的款式。

童延和穆傾昕看著開出來的東西都一臉沉重，又去看包裝上其他款式的圖，童延氣得不行，問：「直接買一套吧？」

「買一套就沒意思了，就這兩個吧。」說完，把很醜的東西遞給店員，讓他們幫忙加工，做成了吊墜掛在包包上。

童延也只能跟著掛在自己的包上，總覺得這東西掛上之後，他帥哥的形象瞬間從九分掉到六分。

之後童延帶著穆傾昕去遊戲廳玩遊戲，結果玩著玩著，兩個人的好勝心都起來了，比得不可開交，誰也不服誰，差點沒對罵起來。

童延在兩個人即將動手的時候終於發覺兩個人不適合玩這個，於是帶著穆傾昕離開，一起去抓娃娃。

童延水準還行，兩次就能抓出一個。穆傾昕看到娃娃終於笑了，興奮得不行，拿出娃娃晃，說道：「哇！厲害了！」

童延被誇得有點飄，繼續帶著穆傾昕抓娃娃。

離開商場的時候兩個人滿載而歸，簡直就是將娃娃機裡的娃娃清空了。

畢竟他們兩個人只有玩這個的時候還和諧一些。

穆傾昕在三次提分手沒成功後，終於發現童延的無賴了。

他比沈築杭還不要臉，尤其是看到童延轉到了普通班，到了火箭班跟她成了同班同學，她就知道她恐怕是中計了。

穆傾昕拉著童延到了一邊，問他：「你搞什麼啊？」

「哦，我只是不想留學了。」

「別告訴我是因為我。」

「真瞧得起自己。」

穆傾昕這次下定決心了：「分手！」

「哦。」

穆傾昕詫異於童延的配合，剛走沒兩步，童延突然叫住她：「妳真的不要我了嗎？妳這個渣女！」

穆傾昕震驚地回頭看向童延。

童延居然委屈得不得了：「我都為了妳轉班了，妳居然這麼對我？」

周圍還有其他的學生，紛紛看向他們兩個人。

穆傾昕瞬間臉漲得通紅，走回去質問他：「你幹什麼啊？剛才不是好好的？」

「突然提分手，我心裡還挺不開心的。」童延揉著自己的心口說道，「妳說我是不是有點喜歡妳？」

穆傾昕看著童延，正要拒絕的時候，童延突然笑了起來：「好吧，分手吧。」

穆傾昕瞬間錯愕地睜大了眼睛。

童延沒再理她，繞過她朝著班級走回去。

之後的日子裡，童延還在火箭班，適應能力很強，成績不好不壞。

因為長得帥家世好，加上恢復單身了，追他的女生成群結隊的。

之前穆傾昕注意不到這些，等他們真的解除假扮關係了，穆傾昕突然就注意到這件事情了。她走出教室看到童延站在圍欄邊，有女孩子突然湊到童延身邊，和他搭話。

就連一起去參加冬令營，她眼睜睜地看著有女孩子朝著童延瞄準，接著竭盡可能想要撞上童延，卻被童延輕鬆躲了過去。

招蜂引蝶。

還說自己是好男人呢，和魏嵐都是一樣的。

邵清和坐在餐廳裡，目光頻頻看向穆傾昕，接著順著她的目光看向童延，問道：「昕昕妹妹真的喜歡上了？」

「啊？才沒有。」

「喜歡就喜歡，沒什麼好說不出口的，別像我，因為猶豫就眼睜睜地看著我喜歡的女孩子喜歡上別的男孩子了。」

穆傾昕疑惑地看向邵清和，接觸到邵清和的目光後突然心驚，沒再問下去。

穆傾昕站在自動販賣機前選擇飲料的時候，童延和魏嵐、蘇威吵吵鬧鬧地走了過來，站在旁邊等穆傾昕先買。

穆傾昕回頭看了他們一眼，拿走自己買的飲料離開。

此時婁栩和魏嵐已經分手了。分得特別奇怪，見面還能聊天，彼此還是朋友，只是不談戀愛了。

童延看著穆傾昕離開，沒說什麼，自顧自的買水。

魏嵐忍不住問：「你們也分了啊？不再勸勸？」

「你幫我？」

「嗯？」魏嵐突然不安。

晚上，穆傾昕接到童延的電話，讓她去窗戶看。

她走到窗戶前，看到後山的雪面上畫著巨大的愛心，還有一個歪歪扭扭的五二零數字。童延就站在心中間，對著她招手。

再去看，就能看到蘇威和魏嵐艱難地舉著燈，幫忙照著，非常辛苦。

童延問她：『穆傾昕，我們不假扮了，我正式追妳行嗎？』

她看著外面的景象，隱隱約約地聽到了其他房間的驚呼聲，不由得笑了起來：「行啊。」

番外二　童宥辛

魏嵐來童家看望的時候，剛好碰上了許昕朵和童延互換身體。

當時許昕朵已經懷孕六個多月了，肚子比一般同週數的孕婦肚子都大一圈，不知道的還以為懷的是雙胞胎，其實只有一個孩子。

尤其是許昕朵比較瘦，這樣的一個肚子十分突兀，並不像其他模特兒那樣不顯懷。

尹嫿說，當初童延剛出生就有五十三公分，這還是尹嫿努力控制孩子大小，加上早產後的大小。許昕朵和童延個子都高，如果許昕朵的孩子足月了，那絕對是一個大個頭。

許昕朵最近總在抱怨腰疼，睡覺都睡不好。如果姿勢選擇不對還會打呼，半夜被自己打呼吵醒，然後換一個姿勢才不會那麼壓。

她本來身體就不太好，加上她是模特兒，身材一直保持得很好，兩個人也是拖到了許昕朵三十六歲了才要孩子。

她從來沒這麼胖過，肚子沒這麼大過，一下子鼓起來真的有些吃不消。

童延看她難受，就經常跟她互換身體，幫她承受這份難受的感覺。

童延扶著腰，在屋子裡來回走，坐下都覺得難受，不走走他完全受不了。

童延走的時候還在嘟囔：「妳說我經常這麼走，孩子是不是能小一點？」

許昕朵坐在餐廳裡，正在吃涼皮，隨口回答：「應該可以吧。」

這時門鈴響了，童延正在散步，正好去開門。

魏嵐走進來，看到開門的居然是孕婦大人，立即問：「妳怎麼出來了？讓延哥或者保姆來開門就行了。」

魏嵐還拎著不少東西呢，隨手放在一旁走進來，想要扶著童延，一扭頭就看到他兄弟居然還在吃涼皮，立即急了：「延哥，你怎麼還有心情吃呢？過來扶著朵爺啊，她要是跌倒了怎麼辦？」

許昕朵這一口涼皮咽下去才說：「等我吃完。」

魏嵐聽完一愣，趕緊幫忙扶著童延讓他回裡面。童延還想再走走，被魏嵐扶著坐在了沙發上，不坐也得坐。

接著魏嵐走過去坐在許昕朵的身邊，壓低聲音說：「延哥，你不能這樣啊！」

許昕朵繼續吃涼皮，看著魏嵐，十分不解。

魏嵐努力壓著怒火說道：「就算朵爺很強大，這個時候也需要你來照顧，我知道你們家裡保姆多，但是也不能這麼含糊啊？她在那裡走，你在這裡吃東西？能不能不這麼渣男？」

「我剛吃飯。」

「這都下午兩點了你才吃飯，你之前幹什麼去了？」

「哦，悶，我出去跑步了，中午太熱我就去樓下健身室了。」

魏嵐看著許昕朵，眼睛裡都要冒火了：「你老婆那麼大個肚子，你居然還這麼自在？」

「我會照顧他的。」許昕朵終於妥協了，點了點頭說道，接著繼續吃涼皮。

她最近懷孕，比如早晨很愛吃的油條就不能吃了，其他的東西也不能吃，都要忌口。

今天換過來後她終於解放了，想吃什麼就吃什麼，想怎麼動就怎麼動，身子一下子輕了。

她剛享受一上午的自由，哪裡還有心情照顧童延？

答應得好好的，吃完涼皮許昕朵去廚房拿出一個冰淇淋，坐下後挖著一口一口地吃，隨口問魏嵐：「栩栩最近是不是有新劇上了？這次是不是演皇后？終於能看到她欺負人了，以前都是被欺負。」

魏嵐看著許昕朵，眼珠子都要瞪出來，氣得直拍腦門。

另外一邊，童延又坐不住了，站起身來在房間裡到處走動。

走路的時候無意間碰掉了東西，正要彎腰去撿，魏嵐跑過來說道：「我來我來。」

說完撿起來遞給童延。

等童延繼續散步的時候，魏嵐又去找許昕朵了：「延哥，我要是朵爺我都跟你離婚。」

許昕朵冰淇淋才吃了幾口，看向魏嵐奇怪地問：「為什麼啊？」

「你是一點都不知道照顧人，肚子是不是你搞大的？孩子是不是你的？她一個模特兒，為了你犧牲事業，給你生孩子，你就是這麼照顧她的嗎？」

許昕朵想換回來了，實在是受不了這個委屈。

肚子不是她搞大的，這些年童延堅持的就只有這件事，他不能被上。

她懷孕很辛苦，只是饞了想吃點東西而已，現在還要挨罵，她又不能跟魏嵐說自己是許昕朵。

許昕朵覺得，她應該表現一下，於是打開大螢幕，找到婁栩的新劇對童延說道：「你看看栩栩的新劇休息一下？」

童延聽完直接翻了一個白眼：「我不想看她，她的演技尷尬得我渾身毛孔都在抗議。」

魏嵐原本還在心疼許昕朵，結果聽完就不爽了，說道：「這次栩栩的進步很大。」

童延再次反駁：「那是她的進步空間太大了！她前幾部戲，我的天啊，沒眼看。」

許昕朵趕緊走過去捂住童延的嘴。

結果魏嵐氣得不行，說道：「朵爺，栩栩和妳那麼好的閨密，妳就這麼評價她的嗎？」

童延還挺不服氣的，推開許昕朵的手繼續說道：「她就是被你們寵的，只誇她，不說她，她能進步嗎？」

魏嵐一想也是，也就不說什麼了。

當天晚上婁栩也來了，看到大螢幕在放她的電視劇，立即興致勃勃地問：「我這次表現得怎麼樣？」

在許昕朵身體裡的童延無情地說道：「垃圾。」

婁栩聽完差點哭出來，後半段都眼淚汪汪的。

許昕朵看完恨不得搥童延，結果童延一挺腰，示意肚子裡有孩子，許昕朵只能忍了。

接近臨產期，尹嫿帶著許昕朵強勢入住醫院，不然他們不放心。

這家醫院他們也熟悉，私立醫院，不會有床位不足的情況，提前預約交錢就可以入住，還有專業的醫護人員在，隨時觀察胎心還有宮縮情況。

檢測到有宮縮情況後，許昕朵一個人躺在床上，初期的痛感並不強烈，一陣一陣的。在她看來還不如痛經來得強烈，也就沒太緊張。

童延還在詢問醫生情況，之後走進來坐在床邊問道：「疼不疼？」

「其實感覺還好。」

「我問了大夫了，我可以跟著進產房，妳生產的時候也會是多對一，一個小團隊只忙碌妳一個人，都是有經驗的醫生，所以妳不用擔心，不會有事的。」

童延為了許昕朵的生產，特別跟醫院提出請大醫院的醫生過來，如果真有什麼羊水栓塞的情況出現，也能及時處理。

醫院也是幫忙提前預約了知名的專家過來，這個小團隊在這裡，能讓人安心。

許昕朵點了點頭，伸手端來水杯喝水，那邊莫茵尋和穆傾亦過來了。

母子二人都關心許昕朵的身體狀況，手剛剛碰到許昕朵的肚子，就感覺到小傢伙動了。莫茵尋興奮得不行，問道：「孩子是不是在跟外婆打招呼？」

童延回答：「就是淘氣，在肚子裡一直亂動，沒有老實時候。」

莫茵尋問他：「你經常和孩子玩吧？」

「嗯……嗯。」童延是換到許昕朵身體裡，自己感受的。

等到後期，許昕朵漸漸覺得有些疼了，需要進入產房了。

童延湊到許昕朵身邊小聲說：「換過來。」

「不用，我還能再堅持一下。」

「聽話。」

「要不然我堅持前半段，你堅持後半段？」

童延無奈地看著她，說道：「妳這話非常不合理，怎麼斷定是前半段，這萬一特別快，一下子就生出來了，我後半段想過去都來不及了。」

許昕朵聽完忍不住笑起來：「怎麼可能那麼快？你別逗我笑。」

童延坐在一邊說道：「換過來吧，不然我進產房看著妳疼，我比妳還疼呢，心疼。」

許昕朵沒有再堅持，和童延換了過來。

童延換過去後臉色都變了，坐在輪椅上嘟囔：「妳說生這個小傢伙幹什麼呢？我要是看到小東西纏著你，我不得吃醋？」

「你忍著點，你是當爸的。」

「忍不了，這種事情忍不了！」

童延幫許昕朵生孩子，生得非常暴躁，一邊生一邊罵人的模樣讓醫務團隊震驚了。

不過生孩子的時候暴躁媽咪也很多，什麼情況都有，他們沒有在意。

無痛分娩針要開四指後才能打，童延中間能緩一下，繼續拉著許昕朵吐槽，彷彿這樣能好一點。許昕朵圍觀完全程，緊張得直咬指甲。

罵到後來童延沒詞了，就換個人罵，先罵穆文彥，再罵沈築杭。最後真的沒話說了，連魏嵐和蘇威都一起罵。

生完了，童延老實了。

許昕朵幫他擦擦汗，問道：「換過來？」

「等一下，我睡一覺。」童延這麼說，多半是還很疼，覺得好了才會同意換回去。

許昕朵在童延休息的時候，跟過去看孩子，結果沒多久孩子就被抱走了，說是超重需要送去監護室。

四千公克，五十七公分的男孩。也難怪肚子大成那個程度。

童延醒過來的時候，許昕朵立即抱著孩子給他看：「他們說孩子像我。」

童延有氣無力地看了一眼，看到孩子已經睜開眼睛了，那眼睛一看就是三白眼，不由得嘆氣：「你們家的這個眼睛真的……」

「怎麼？」

「好看！」

童延的原則總是奇奇怪怪的。他可以幫許昕朵生孩子，但是不能幫她坐月子，他說這是原則問題。到底是什麼原則，他自己也說不清楚。

許昕朵做月子在月子中心裡，孩子和她分開睡，有專門的育兒嫂照顧。

這個時期的孩子對於許昕朵來說，就像一個玩伴，無聊的時候把孩子送過來給她，母子二人玩一下。她餵餵奶，就沒有其他的事情可以做了。

她也有專門的人員幫忙照顧，還會做一些恢復類的康復運動，日子其實沒有多難受，但是童延受不了，一天都受不了。

童延坐在床邊，淡定地幫許昕朵削蘋果，依舊在說自己的理由：「我覺得我是一隻自由自在的鳥，一個籠子拘不住我，我想飛。」

「嗯，你背你的作文範例呢？」許昕朵挑眉看著他問。

「也不算，我只是不想在這裡悶著，不過換過來讓妳吃點東西還是可以的。」

「我想出去跑步。」

「別了，好好坐月子，乖。」

後來許昕朵發現，童延會特地避開她餵奶的時間。她餵完奶，走過去問童延：「怎麼，我餵奶你都吃醋？」

童延的臉一瞬間皺巴巴的，嘴撅的老高，輕哼了一聲。

許昕朵繼續問：「還是說，你不想餵奶？」

童延側頭看看許昕朵，遲疑了一下說道：「都有，還有不想注意到妳現在的肚子，肚子鬆垮垮的，我看著也會難受，我怕我越來越不喜歡我們兒子。」

畢竟，許昕朵以前是模特兒。

就算現在已經有了自己的公司，不當模特兒了。但是身材走樣，也不是完全不在意吧？

「我很喜歡他，因為他是我們兩個人的孩子。他真的很可愛啊，你不覺得他對你笑有種治癒感嗎？」

童延嘆氣的同時抱住許昕朵：「我只喜歡你……」

「好啦，乖，月子我自己來，你也趕緊適應一下做爸爸。」

他們幫孩子取名叫宥辛。童宥辛，童有昕的諧音。

童延還是一個足夠負責任的父親，下班了就會來看童宥辛，每天伸出一根手指跟童宥辛牽手玩，教他說：「叫媽媽，媽媽。」

童宥辛還沒出月子，只會咧嘴笑，看起來性格很好的樣子。

童延看了一下忍不住笑：「你媽媽和你舅舅都不愛笑，你倒是挺愛笑的。」

隨著童宥辛一天天長大，每天童延下班後都會叫著「霸霸！霸霸！」然後衝向童延。

童延這時也會蹲下身抱起童宥辛，接著帶著童宥辛一起玩。

一開始還不習慣家裡多出來一名家庭成員，後來也漸漸喜歡了，越看越喜歡。

他當天晚上做了噩夢，滿世界的三白眼，這些眼睛圍著他轉。

童延永遠記得，他回到家裡看到那一家四口，莫茵尋、許昕朵、穆傾亦和他兒子四個人同時看向他，四雙齊刷刷的三白眼，彷彿這一家人都很看不起他。

這種眼睛面無表情的時候，真的冷漠至極。

就算莫茵尋其實是一位溫柔的女性，不說話的時候也沒有溫柔的氣息。

畢竟是親生的，而且，孩子真的長得很像許昕朵。當然，也有讓童延無法接受的時候——

直到他看到許昕朵抱著童宥辛，對著他溫柔的笑，多淩厲，也瞬間變得溫柔。

他瞬間就好了。

——《靈魂決定我愛你》全系列　完——

高寶書版集團
gobooks.com.tw

YH 085
靈魂決定我愛你（04）

作　　者　墨西柯
責任編輯　吳培禎
封面設計　茵萊登曼特
內頁排版　賴姵均
企　　劃　鐘惠鈞

發 行 人　朱凱蕾
出　　版　英屬維京群島商高寶國際有限公司台灣分公司
　　　　　Global Group Holdings, Ltd.
地　　址　台北市內湖區洲子街88號3樓
網　　址　gobooks.com.tw
電　　話　(02) 27992788
電　　郵　readers@gobooks.com.tw（讀者服務部）
傳　　真　出版部(02) 27990909　行銷部 (02) 27993088
郵政劃撥　19394552
戶　　名　英屬維京群島商高寶國際有限公司台灣分公司
發　　行　英屬維京群島商高寶國際有限公司台灣分公司
初　　版　2022年 5 月

本著作物網路原名《真千金懶得理你》，作者：墨西柯，由北京晉江原創網絡科技有限公司授權出版。

國家圖書館出版品預行編目(CIP)資料

靈魂決定我愛你/墨西柯著. -- 初版. -- 臺北市：英屬維京群島商高寶國際有限公司臺灣分公司, 2022.05
　冊；　公分. --

ISBN 978-986-506-406-8(第1冊：平裝). --
ISBN 978-986-506-407-5(第2冊：平裝)
ISBN 978-986-506-416-7(第3冊：平裝). --
ISBN 978-986-506-417-4(第4冊：平裝)

857.7　　111005568